5 ghost stories ♠ 5 ghost stories

◆ 5 ghost stories ♠ 5 ghost stories ♣

5 ghost stories ♥ 5 ghost stories

ぞくぞく
びっくり箱
わらう
オバケ
5つのお話
日本児童文学者協会・編
5 ghost Stories

ぞくぞくびっくり箱

5

わらうオバケ　5つのお話

もくじ

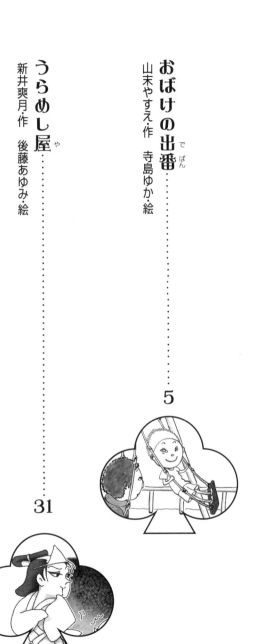

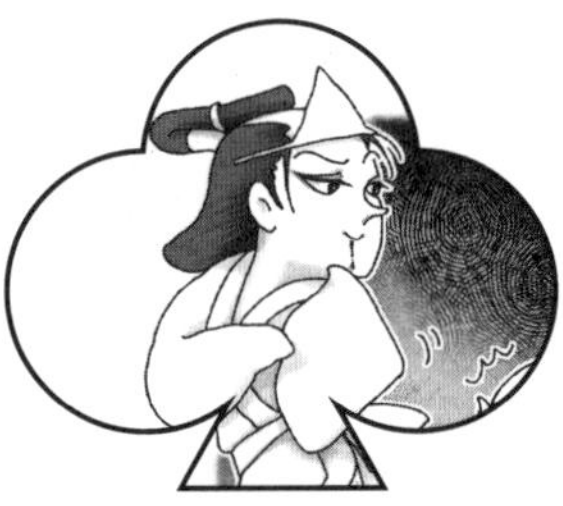

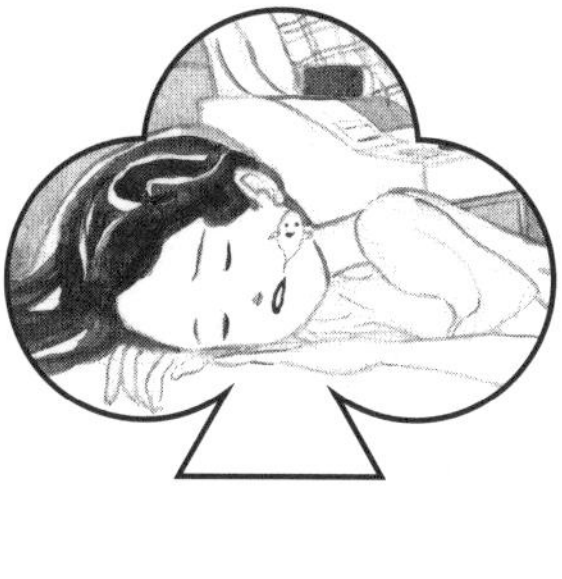

装幀・装画　あんびるやすこ

ぞくぞくびっくり箱

おばけの出番《でばん》

山末やすえ・作　寺島 ゆか・絵

トオルは新《あたら》しいダウンジャケットを着《き》て、自転車《じてんしゃ》に乗《の》って、となり町《まち》のじいちゃんの家《いえ》に走《はし》っていった。

グースの羽毛《うもう》がつまっている空色《そらいろ》のダウンジャケットは、ふわふわ軽《かる》くてすごくあったかい。ジャケットを着《き》ていれば、自転車《じてんしゃ》で走《はし》ってもぜんぜん寒《さむ》くない。それどころか、スピードをだすと体《からだ》が浮《う》かびあがりそうで、雲《くも》がつまっているみたいだった。

「じいちゃん、わすれちゃったのかなあ」

昨日《きのう》のトオルの誕生日《たんじょうび》、いつもプレゼントをもってきてくれるじいちゃんは、まっていたのにこなかった。このごろ、じいちゃんは、よく物《もの》わすれをするようになった。

「いっしょにマンションでくらそう」といっても、じいちゃんは、ひとりが気《き》らくだし、マンションはどうも、といって、古《ふる》い家《いえ》に住《す》んでいるのだ。

自転車《じてんしゃ》を門《もん》の横《よこ》に置《お》いて、庭《にわ》から座敷《ざしき》のほうにまわっていくと、じいちゃんは、ろうかに新聞紙《しんぶんし》を広《ひろ》げて足《あし》のつめをきっていた。

「じいちゃん！　みてよ」

トオルは空色《そらいろ》のダウンジャケットの胸《むね》をたたいた。

「おう、あったかそうだな。新《あたら》しいのを買《か》ってもらったんかい」

いいながらじいちゃんは、新聞紙《しんぶんし》をたたんでごみ箱《ばこ》にすてた。

「誕生日《たんじょうび》のプレゼント。昨日《きのう》、ぼくの誕生日《たんじょうび》だったんだよ。じいちゃん、わすれてたでしょ」

「おお、そうだったなあ」

じいちゃんは頭《あたま》をかいた。

「何歳《なんさい》になったんだっけ？」

「十歳《さい》だよ」

「トオルもとうとう十歳《さい》かあ。よしよし、じいちゃんもプレゼントをあげよう」

「え、ほんとに!?」

誕生日《たんじょうび》はわすれていたらしいのに、プレゼントは買《か》ってくれてあったんだろうか。

じいちゃんは押入《おしい》れをあけて、茶色《ちゃいろ》の革《かわ》の旅行《りょこう》カバンを取《と》りだした。じいちゃんは若《わか》いころ、しょっちゅう旅行《りょこう》にいっていたのだ。

「プレゼントって、昔買《むかしか》ったもの？」

トオルはちょっとがっかりして、カバンをのぞきこんだ。

「なーんだ、からっぽじゃない」

ぷーんと、かびくさいにおいがした。

「トオルは修行《しゅぎょう》がたりないなあ」

じいちゃんは、カバンのそこから空気《くうき》をつつみこむようにして取《と》りだすと、テーブルの上《うえ》にそっと置《お》いた。

「とっておきのプレゼントだ。トオルが十歳《さい》になったらあげようと思《おも》っていた」

鼻《はな》をこすって、じいちゃんがいった。

「なに、それ？」

「みえないか？」

「みえないよ。だって、空気《くうき》でしょ」

トオルは口《くち》をとがらせた。

「トオルは修行《しゅぎょう》がたりないなあ」

また、じいちゃんがいった。

「なんの修行《しゅぎょう》さ」

「みえないものを、みる修行《しゅぎょう》さ。感《かん》じる修行《しゅぎょう》さ。いいか、トオル、この世界《せかい》にはな、みえるものだけがあるんじゃないよ。空気《くうき》だって、風《かぜ》だって、みえないけど、ある。思《おも》い出《で》だってそうだ。ゆうれいだって、おばけだって、ちゃんといるんだぞ」

じいちゃんはときどきへんなことをいう。

「じゃ、それ、空気《くうき》だね。空気《くうき》なんか、プレゼントされてもうれしくないよ」

「しかたないなあ。それじゃ、みえるようにしてやろう」

じいちゃんは白《しろ》いハンカチをだすと、テーブルの上《うえ》の空気《くうき》にふわりと乗《の》せた。

それから、すっと、手品《てじな》みたいにハンカチを取《と》った。

「どうだ、みえたか」

トオルは首《くび》をふった。

「はじめっから、うたがってかかっちゃだめだ。みようとしなけりゃ、みえんよ」

いわれてトオルは目《め》をこらした。すると、

「あ、てるてるぼうずみたいの」

うっすらと、小《ちい》さな白《しろ》いかげがみえた。けれど、てるてるぼうずとちがうのは、糸《いと》であんだような細《ほそ》い手《て》と足《あし》がついていた。頭《あたま》には、イガグリのような、というか、太陽《たいよう》の光線《こうせん》みたいにツンツンつっ立《た》った毛《け》が光《ひか》っている。

「ぼうずじゃない。ぼっこだ。てるてるぼっこ」

わらいながらじいちゃんがいった。

「てるてるぼっこ!?　なに、それ?」

「てるてるぼうずは、お天気《てんき》になるようにっていうおまじないだろ。てるてるぼっこは、気《き》もちが晴《は》れるようにしてくれるお守《まも》りというか、ま、ありがたーいおばけだな」

てるてるぼっこはテーブルの上《うえ》で、白《しろ》いかげのようにゆらゆらゆれている。ちょっと目《め》をはなしたら、消《き》えてしまいそうだ。

「おばけなんて、そんなのいらないよ」

「まあまあ、えんりょしないで。こまったときにきっと助《たす》けてくれるぞ。なっ」

そいつは、にっこりわらってトオルをみつめたと思《おも》うと、ひょいと飛《と》んで、ダウンジャケットの胸《むね》のポケットに飛《と》びこんだ。

あわててポケットをおさえたら、そいつは、もう、消《き》えていた。けど、氷《こおり》をいれたみたいに、ポケットはつめたかった。

「トオルも十歳《さい》といったら、いろいろあるだろう。泣《な》きたくなるときだってさ」

「そりゃあ、あるよ」

トオルは同《おな》じ二班《はん》のシンくんを思《おも》いうかべた。らんぼうで、いやなやつ。この間《あいだ》のそうじ当番《とうばん》のときなんか、いっしょにバケツを運《はこ》んでいたら、急《きゅう》に手《て》をはなすから、ろうかが水《みず》だらけ。泣《な》きたくなったよ。

「そんなときが、てるてるぼっこの出番《でばん》だ」

じいちゃんは、「あっはっは」とわらった。


月曜日《げつようび》、トオルは空色《そらいろ》のダウンジャケットを着《き》て学校《がっこう》にいった。

「あ、新《あたら》しいダウンじゃん。オレにかせよ」

シンくんがいった。もちろん、ことわったよ。だって、シンくんになにかかしたら、なかなか返《かえ》してくれないもの。よごされちゃうかもしれないし。

「トオルのけち。なら、パンチいれちゃうぞ」

シンくんは、トオルのダウンジャケットを、サンドバッグみたいにげんこつでたたいた。

「やめてよ」

トオルは、シンくんから逃《に》げだした。

シンくんがおいかけてきて、ダウンジャケットを引《ひ》っぱった。そのとき、

「くっふっふ」と、わらい声《ごえ》がしたんだ。

シンくんはびっくりしたように、ダウンから手《て》をはなした。あたりをきょろきょろみまわしている。そのすきに、トオルは逃《に》げだした。でも、へんだな。

ジャケットがわらうわけないし……。

「もしかして、じいちゃんにもらった、へんなあいつ？」

ダウンの胸《むね》をおさえると、ドキドキなっている心臓《しんぞう》の音《おと》にまじって、

「くっふっふっ」

と、とぼけたようなわらい声《ごえ》がした。

「あいつ、いるんだ」

心臓《しんぞう》がキューンとなって、トオルはあわてて息《いき》をすいこんだ。

次《つぎ》の日《ひ》の帰《かえ》り道《みち》、シンくんが走《はし》ってきて、ばーんとトオルの背中《せなか》をたたいた。

「トオルの新《あたら》しいダウンに、白《しろ》いゴミがついてるよ。ほらっ」

シンくんは、つまんだゴミをトオルの目《め》の前《まえ》につきだした。

「あ、それ、ゴミじゃないよ」

ダウンジャケットのぬい目《め》から、グースの羽毛《うもう》がでてきていたのだ。

「あ、またでてきた」

シンくんは、つまみだした羽毛《うもう》をふうっとふいた。羽毛《うもう》はタンポポの綿毛《わたげ》みたいに、風《かぜ》に乗《の》って飛《と》んでいく。

「おもしれえ！」

シンくんは、また、かすかにでていた白《しろ》い羽毛《うもう》を引《ひ》っぱりだした。

「やめてよ。引《ひ》っぱらないでよ」

「どんどんでてくるぜ。これは不良品《ふりょうひん》でーす」

シンくんがまた引《ひ》っぱろうとしたから、トオルは逃《に》げた。

シンくんがおいかけてくる。

トオルは走《はし》った。

つかまるもんか！

猛《もう》スピードで公園《こうえん》の角《かど》をまがったとき、むこうから自転車《じてんしゃ》がきた。よけたとたんによろめいて、水《みず》たまりに、バッシャーン！

「あーあ、トオルの新《あたら》しいダウンがだいなしじゃん。うっひっひっ」

シンくんはにやにやした。工事《こうじ》で掘《ほ》りかえしたあとに、水《みず》がたまっていたのだ。

「オレのせいじゃないぜ。トオルが勝手《かって》にころんだんだからな。じゃあ、バーイ」

シンくんは、スキップなんかしていってしまった。

ダウンジャケットの胸《むね》に、雨雲《あまぐも》みたいなシミが広《ひろ》がって、トオルは泣《な》きたくなった。

トオルは胸《むね》のポケットをおさえた。

「じいちゃん、お守《まも》りのおばけっていったのにさ。こんなときが出番《でばん》でしょ」

けれどポケットに、あいつの姿《すがた》はみえなかった。

トオルはダウンをぬいで、公園《こうえん》に入《はい》っていった。水飲《みずの》み場《ば》の水道《すいどう》でドロ水《みず》がついたところを洗《あら》ったら、ぬれたところがぺっしゃんこ。かわかすために、トオルはブランコに乗《の》った。

「もう、シンくんはいっつもそうなんだから。しかえししたいよ」

ブランコをゆらしながら、トオルはぶつぶつ文句《もんく》をいった。すると、ふいに、

「くっふっふっ」

と、だれかがわらった。いつのまにか、となりのブランコに知《し》らない男《おとこ》の子《こ》が乗《の》っていた。

真冬《まふゆ》だというのに、半《はん》そでの白《しろ》いシャツに白《しろ》い短《たん》パン、素足《すあし》に白《しろ》いズックを

はいている。そのかっこうにもおどろいたけど、

「そうだよね。あいつ、悪《わる》いやつだよね。おまえのダウンジャケットからグースの羽根《はね》引《ひ》っぱりだしたりしてさ」

男《おとこ》の子《こ》がいったから、トオルはますますおどろいた。

「み、みてたの!?」

「うん、ばっちりみてた。おまえがころんだところも」

「シンくんって、いつもそうなんだ。いやだっていうと、ますますやるんだもん。だいっきらいだ」

「よし、一度《ど》、こらしめてやろう」

男《おとこ》の子《こ》はにっこりして、トオルの顔《かお》をのぞきこんだ。

「それに、グースは水鳥《みずどり》だから、ぬれてもへいき。かわけば元《もと》にもどるから。ベランダにほしとくといいよ。じゃ、今夜《こんや》ね」

男《おとこ》の子《こ》はブランコから飛《と》びおりると、消《き》えるようにいなくなった。

「へんなやつ、だれだろう……。じゃ、今夜《こんや》ねって？　どういうこと？」
トオルもブランコから飛《と》びおりて、走《はし》って家《いえ》に帰《かえ》った。ママはまだ、パート
から帰《かえ》ってきていなかった。
トオルは、ダウンジャケットをハンガーにかけてベランダにつるした。

「いっけない！」

カーテンをしめようとして、トオルはあわててベランダのガラス戸《ど》をあけた。

ダウンジャケットを取《と》りこむのをわすれていたのだ。つるしたままのジャケッ
トが、ふんわりふくらんでゆれている。

空《そら》に、大《おお》きな月《つき》がでていた。満月《まんげつ》。白《しろ》く、くっきりとかがやいて、ダウンジャ
ケットをてらしていた。

「よかったあ。すっかりかわいてる」

ハンガーからジャケットをはずしてパジャマの上《うえ》に着《き》ると、グースの翼《つばさ》にだ

かれているようにあったかくなった。

満月《まんげつ》をみながら、トオルは、ダウンジャケットがグースだったときを思《おも》いうかべた。

（もし、ぼくがグースだったらさ、あの満月《まんげつ》にむかって飛《と》ぶな）

トオルは両手《りょうて》をひろげ、はばたいてみた。

「くっふっふっ」

すぐそばで、あのへんなわらい声《ごえ》がした。

ふりむくと、いつのまにかベランダに、昼間公園《ひるまこうえん》であった男《おとこ》の子《こ》がいたのだ。

「ダウンジャケットは満月《まんげつ》の光《ひかり》をいっぱいあびたね。よし、いこう！」

男《おとこ》の子《こ》がトオルの手《て》をつかんだ。すると、どうだろう。体《からだ》が浮《う》かんだのだ。

「い、いこうって、どこへ？」

「決《き》まってるじゃないか。約束《やくそく》したろ」

男《おとこ》の子《こ》はトオルを引《ひ》っぱって、ベランダから空《そら》へ飛《と》びだした。そして、空《そら》の真《ま》ん中《なか》で手《て》をはなしたんだ。

「わあ！　落《お》ちちゃうよー。おぼれちゃう！」

海《うみ》でおぼれそうになったときのように、トオルはばたばた手《て》をふりまわした。

「くっふっふっ。そのジャケット着《き》ていれば、おぼれないよ」

ほんとだ。空《そら》が海《うみ》だったら、グースのダウンジャケットは、浮輪《うきわ》ってかんじだ。

ふうわり、ふわり、ふわり……。

トオルはおもいっきり両手《りょうて》を広《ひろ》げ、足《あし》で空《そら》をキックした。

飛《と》べる！　飛《と》べる！

つめたい風《かぜ》が、顔《かお》の横《よこ》をひゅーひゅーとおっていく。いい気《き》もち。

トオルはおもいっきりはばたいて、男《おとこ》の子《こ》のあとをおいかけた。

公園《こうえん》のむこうのスカイマンションが、大《おお》きな客船《きゃくせん》みたいに近《ちか》づいてきた。

「みてみな」

男《おとこ》の子《こ》が七階《かい》のはしっこを指《ゆび》さした。

青《あお》いカーテンが半分《はんぶん》あいていた。

ぽかんと口《くち》をあけて、シンくんが寝《ね》ているのがみえた。まくらのよこに、読《よ》みかけのマンガがひらいてある。

「シンくんたら、電気《でんき》つけっぱなしで寝《ね》ちゃったんだ」

もし、シンくんがおきていて、ぼくがとつぜんベランダにあらわれたら……。びっくりするだろうな。そう思《おも》うと、トオルはゆかいになった。

「思《おも》ったこと、いってやりなよ」

「うん」

トオルは男《おとこ》の子《こ》に引《ひ》っぱられて、シンくんの部屋《へや》のベランダにふわりと着地《ちゃくち》した。

「シンくん、みてよ！　ダウンジャケット、元《もと》どおりきれいになったから。それどころか、このダウンジャケットはね、満月《まんげつ》の光《ひかり》をあびて、魔法《まほう》のジャケットになったんだぞ。だけど、シンくんにはかさないよ」

寝《ね》ているシンくんにならなんだっていえる。心《こころ》の中《なか》でなら、なんだってできる。

「そうだ。いつものお返《かえ》しをしてやろ」

しょっちゅうノートに落書《らくが》きされたり、マジックペンで手《て》や足《あし》にバッテンをつけられたこともある。

トオルは心《こころ》の中《なか》で、シンくんのおでこにバッテンを書《か》いてやった。するとシンくんが、ほんとに書《か》かれたみたいに、おでこをごしごしこすった。

男《おとこ》の子《こ》が、シンくんのおでこを指《ゆび》さした。

「くっふっふっ。そのバッテンは、あやまっただけじゃ消《き》えないんだよ。トオルがゆるすっていわなきゃ、消《き》えないんだ」

「うん。ぼくが、ゆるすっていわなきゃ、ぜったいに消《き》えないんだよ。ねっ」

トオルは男《おとこ》の子《こ》と顔《かお》をみあわせてわらった。いい気味《きみ》、いい気味《きみ》。

それからトオルは男《おとこ》の子《こ》と、すいすいと空《そら》を飛《と》んで、家《いえ》のベランダにもどった。

「ああ、おもしろかった。気《き》もちがすーっとしたよ」

ふりむくと、男《おとこ》の子《こ》はいなかった。

「あれーっ！」

ふいに、あらわれたり、消《き》えたり……。まるで、おばけみたいに。

「あっ、もしかして、あいつは……」

グースのジャケットをそおーっとイスの背《せ》にかけて、トオルはふとんにもぐりこんだ。

まだ、空《そら》に浮《う》かんでいる気《き》がする。

目《め》をとじると、まぶたの裏《うら》に、男《おとこ》の子《こ》の顔《かお》が浮《う》かんできた。

「出番《でばん》がきたら、またいくよ」

男《おとこ》の子《こ》は、かがやく満月《まんげつ》のように、にっこりわらった。だんだんぼんやりして、小《ちい》さな白《しろ》いかげになったと思《おも》うと、ふいっと消《き》えた。

とたんに、トオルはねむりに落《お》ちた。

よく朝《あさ》、トオルは思《おも》った。

（昨日《きのう》は、へんな夢《ゆめ》をみたなあ。でも、おもしろかった）

ところが、学校《がっこう》にいこうとマンションの玄関《げんかん》にでておどろいた。

シンくんがいたのだ。なんと、シンくんのおでこに、バッテンがついているじゃないか。マジックペンで書《か》いたみたいに、くっきりと。

「そ、それ、どうしたの？」

「それがさあ、おれ、へんな夢《ゆめ》みたんだ」

シンくんは、トオルの顔《かお》をじろじろみた。

「その夢《ゆめ》の中《なか》に、てるてるぼうずみたいなへんなやつがでてきてさ……。トオルにあやまれって」

「えっ、てるてるぼっこが！　シンくんの夢《ゆめ》の中《なか》に？」

「てるてるぼっこ？　なに、それ？」

「あ、なんでもない、なんでもない」

「でも、夢《ゆめ》にしちゃあますますへんなんだよな。だって、このバッテン……」

昨日《きのう》の夜《よる》、トオルが心《こころ》の中《なか》でかいたバッテンだ。ほんとになっちゃったんだろうか。もし、そうなら……。

「あのさあ、まだ、ついてる?」

シンくんは自分《じぶん》のおでこをつついた。

「くっきり、ついてる」

「はあーっ、やっぱり」

シンくんはため息《いき》をついた。決心《けっしん》したようにトオルにむきあうと、気《き》をつけの姿勢《しせい》になった。そして、

「トオル、昨日《きのう》はごめんな。もう、ぜったいに、トオルのダウンから羽毛《うもう》を引《ひ》っぱりださないから。いやだっていうことしないから」

って、いった。それからシンくんは、ごしごしとおでこのバッテンをこすった。

「まだ、ついてる?」

「うん、まだ、ついてる」

「おねがい、トオル、ゆるすっていって」

シンくんは、両手《りょうて》をあわせてトオルにたのんだ。シンくんに、こんなに必死《ひっし》でたのまれたのは、はじめてだった。

「じゃあさ、ぼくのノートに落書《らくが》きしない? 手《て》や足《あし》にマジックペンでいたずら書《が》きしたりしない?」

「しない、しない! しんじて!」

シンくんは顔《かお》の前《まえ》で、うちわみたいに手《て》をふった。

「じゃあ……、ゆるすよ」

ちょっと残念《ざんねん》だったけど、トオルはいって、にっこりわらった。すると、シンくんのおでこにくっきりついていたバッテンが、消《け》しゴムで消《け》したみたいにきれいになったんだ。

シンくんはあわてて、マンションのガラスのドアに顔《かお》を近《ちか》づけた。

「あー、よかったあ。消《き》えなかったら、学校《がっこう》、休《やす》もうって思《おも》ってたぜ」

シンくんは元気《げんき》いっぱいになって、トオルの肩《かた》に手《て》をかけた。

「トオル、いっしょに学校《がっこう》にいこうぜ」

にこにこしていった。

「あ、うん」

シンくんにさそわれるなんて、びっくりだ。

トオルはジャケットの胸《むね》をおさえた。

「くっふっふっ。ゆるしてやったんだね」

てるてるぼっこのわらい声《ごえ》がした。

「うん、ゆるしちゃった。うっふっふっ」

トオルもわらった。すると、満月《まんげつ》の光《ひかり》をあびて空《そら》を飛《と》んだように、胸《むね》が
すーっとした。

ぞくぞく
びっくり箱

うらめし屋《や》

新井爽月・作　後藤あゆみ・絵

ここは、人間界《にんげんかい》と極楽《ごくらく》の間《あいだ》にある幽界《ゆうかい》です。

ある日《ひ》のこと。

幽界《ゆうかい》一のオバケ職人《しょくにん》、うらめし屋次郎《やじろう》が、

「わしの店《みせ》も、とっておきの目玉商品《めだましょうひん》となるオバケを世《よ》におくりださないといかん」

と思《おも》いたちました。

固《かた》い決意《けつい》をむねに、この日《ひ》もまた、うらめし屋《や》ののれんをのき先《さき》にかかげる屋次郎《やじろう》。屋次郎《やじろう》にとって、うらめし屋《や》は、古《ふる》きよきオバケを取《と》りあつかうじまんの店《みせ》でもありました。

オバケを買《か》いたいと店《みせ》をたずねてくるお客《きゃく》は、三途《さんず》の川《かわ》を渡《わた》り、幽界《ゆうかい》へとやってきた人間《にんげん》たちです。人間《にんげん》は亡《な》くなった後《あと》、ほとんどのものが極楽《ごくらく》を目指《めざ》しますが、幽界《ゆうかい》で修行《しゅぎょう》をしてからでないと、極楽《ごくらく》の門《もん》をくぐれないといわれています。うらめし屋《や》は、幽界《ゆうかい》で修行中《しゅぎょうちゅう》の人間《にんげん》たちをお客《きゃく》とし、何百年《なんねん》もの間《あいだ》、たくさんのこわ～いオバケを生《う》みだしつづけてきた店《みせ》なのです。

でも、つい最近《さいきん》、うらめし屋《や》の近所《きんじょ》に、おそろし屋《や》というオバケ専門店《せんもんてん》が新《あら》たにオープンしました。

うらめし屋《や》の方《ほう》が、オバケ店《てん》としての歴史《れきし》もあり、どこにだしてもはずかしくないオバケを取《と》りそろえています。

けれどこのごろはお客《きゃく》のほとんどが、おそろし屋《や》へとながれるしまつ。たらーりたらりと血《ち》がしたたる看板《かんばん》や、ゆらゆらとただようヒトダマ、あちこちにころがるガイコツといった、工夫《くふう》をこらした不気味《ぶきみ》な店《みせ》がまえが、お客《きゃく》の心《こころ》を引《ひ》きつけるのでしょう。

一方《いっぽう》うらめし屋《や》はというと、屋根《やね》とガラスが数《すう》か所《しょ》ひび割《わ》れているだけの、単《たん》にみすぼらしい店《みせ》がまえ。また、店《みせ》の看板《かんばん》ともいえるだいじなのれんも、まるで、海岸《かいがん》に打《う》ちあがった昆布《こんぶ》のようにひからび、すっかり色《いろ》あせていました。

（たしかに、わしの店《みせ》は古《ふる》く、おそろし屋《や》のように手《て》のこんだしかけもない。

けれども、だ。たったそれだけの理由《りゆう》で、あのようなふざけた店《みせ》に、お客《きゃく》を取《と》られるなど……。そんなことがゆるせるはずがない。ゆるせるはずなどないのだ！）

屋次郎《やじろう》は、くやしさのあまり、オバケの材料《ざいりょう》となるオバケ玉《だま》をにぎりしめたまま、ぎりぎりと歯《は》ぎしりをしました。

けれども、そんな屋次郎《やじろう》の目《め》の前《まえ》で、この日《ひ》もまた、何人《なんにん》もの客《きゃく》たちが、おそろし屋《や》のオバケを指差《ゆびさ》し、きゃーきゃーと悲鳴《ひめい》をあげ、おそろしがっています。

「ママ、みて！　ほら、あのケースの中《なか》」

「やだわ、ホント。あれがこの間《あいだ》、幽界《ゆうかい》☆新聞《しんぶん》にでていた不気味《ぶきみ》なオバケ。ぬらぬら・ぬらりひょんね」

「ねえ、ママー。気味悪《きみわる》いけど、ぼくもほしいよ。ぬらぬら・ぬらりひょん。ケンちゃんもシンヤ君《くん》も、超《ちょう》おっかないオバケを飼《か》っているんだよ」

「そうねえ……。ママもタクちゃんも、極楽《ごくらく》にいけることになったら、オバケを人間界《にんげんかい》にはなさないといけないんですものね。もうそろそろオバケを買《か》って、極楽《ごくらく》にいく準備《じゅんび》をしておいた方《ほう》がいいかもしれないわね」

「うん！　そうしようそうしようよ！　ママ。ぼくらが幽界《ゆうかい》のオバケを買《か》ってあげないと、人間界《にんげんかい》にいるオバケたち、ぜつめつしちゃうかもしれないし。今《いま》もね、どんどん数《かず》がへっているんだって」

「やだ。そうなの？」

「うん。そうらしいよ。この間《あいだ》、幽界学校《ゆうかいがっこう》の先生《せんせい》がいってたもん。人間界《にんげんかい》がね、どんどん近代化《きんだいか》してるから、オバケが大好《だいす》きな古井戸《ふるいど》とか柳《やなぎ》の木《き》がなくなってるって。そのせいで、オバケたちの住《す》みかもずいぶんへっちゃって、たいへんなんだって」

「そうだったの……。ママたちも幽界《ゆうかい》で苦労《くろう》してるけど、オバケたちもいろいろたいへんなのね」

「うん。だから買《か》おうよ、ママ。それにこのオバケ、みた目《め》はこわいけど、性《せい》格《かく》はやさしいみたいだから、飼《か》いならすのもきっとカンタンだと思《おも》うよ」

「ふふふ。ホントね。これだけおそろしい顔《かお》をしているのに、ちゃんと大人《おとな》しくしてる。このコ、案外《あんがい》飼《か》いやすいオバケかもしれないわね」

＊　＊　＊

ライバル店《てん》、おそろし屋《や》の人気《にんき》ぶりを、この日《ひ》もまた、目の当《あ》たりにしてしまった屋次郎《やじろう》です。

うらめし屋次郎《やじろう》は、店《みせ》のとびらをぴしゃりと音《おと》をたててしめるなり、ガラスケースの中《なか》にならぶ、化《ば》けネコやアメフラシ、のっぺらぼう……といった、いくつものオバケたちをうらめし気《げ》にみつめました。

「……まったく。おそろし屋《や》のやつときたら、幽界《ゆうかい》の住人《じゅうにん》にペットまがいのオバケを安売《やすう》りするなど、ふざけたマネを。昔《むかし》ではありえないことが、まかりとおる世《よ》の中《なか》になってしもうたわ」

　まるで、蚊《か》のなくような声《こえ》でぼそりとつぶやく屋次郎《やじろう》。おそろし屋《や》になど、決《け》っして負《ま》けてはいないと強《つよ》がってみるものの、屋次郎《やじろう》は心《こころ》のどこかで不安《ふあん》をおぼえはじめていました。

「そもそもオバケとは、人間界《にんげんかい》においても、幽界《ゆうかい》においても、人間《にんげん》たちをおどろかすのが仕事《しごと》。それゆえ、わしが生《う》みだしたオバケたちはみな、橋《はし》のたもとにかくれてみたり、古井戸《ふるいど》の中《なか》にひそんでみたりと、それはもう、涙《なみだ》ぐましい努力《どりょく》をしながら、日々《ひび》、人《ひと》びとをおどろかせておるというのに……。このままでは、われらオバケはみな、風《ふう》がわりなペットとして、人間《にんげん》どもに軽《かろ》んじられることになるぞ」

　うらめし屋次郎《やじろう》は、ぶつぶつとつぶやきながら、宝《たから》ともいえるだいじなモノ、うらめし屋《や》にて代《だい》だいうけつがれてきたひみつの巻物《まきもの》を手《て》にしました。

　すると、そこへひょいと顔《かお》をだしたのが、おそろし屋《や》の店主《てんしゅ》、おそろし矢野《やの》助《すけ》でした。

おそろし矢野助《やのすけ》は、オバケの仕事着《しごとぎ》ともいえる白装束《しろしょうぞく》に身《み》をつつみ、口《くち》からはひと筋《すじ》の血《ち》をたらーり。

足音《あしおと》ひとつたてることなく、ふらりと店《みせ》のおくにしのびこみ、「くくく」とぶきみな声《こえ》をだしました。

「おやまあ、屋次郎《やじろう》さん。どないしはったんです？　通《とお》りにはぎょうさん、お客《きゃく》がつめかけてるいうのに、今日《きょう》は店《みせ》をひらいていないんで？」

「お、おそろし屋《や》。おぬし、いつの間《ま》に？」

とつぜんのことに、ぎょっとして飛《と》びのく屋次郎《やじろう》。

だいじな巻物《まきもの》をぽとりとゆかに落《お》としてしまうくらい、屋次郎《やじろう》は、あわてふためいていました。

「ほほほ。いつの間《ま》にやなんて、そない、やぼなこと同《おな》じオバケに対《たい》して、いいますかいな」

「な、なにをっ！」

「まあまあ、そうおこりなさんな。そもそも、アテとダンナは同《おな》じ商売人《しょうばいにん》どうし。仲《なか》ようせなあきません。そうでっしゃろ？」

真《ま》っ赤《か》な顔《かお》でにらみつける屋次郎《やじろう》に対《たい》し、矢野助《やのすけ》は、腰《こし》をくねくね。まるで芸者《げいしゃ》のようにやけに色《いろ》っぽいしぐさをしながら、よゆうの笑《え》みをうかべています。

屋次郎《やじろう》は、おそろし矢野助《やのすけ》のふざけたたいどに、ますます腹《はら》を立《た》てながら、いいました。

「仲《なか》よくしろというならば、まずはおぬしがわしに無礼《ぶれい》な行《おこな》いをあやまるべきじゃないのか？　目《め》と鼻《はな》の先《さき》ほどの場所《ばしょ》に店《みせ》をひらいておきながら、ろくにあいさつもよこさなかったのは、おぬしの方《ほう》だろうが」

「なにをいいますの、屋次郎《やじろう》はん。せやから、こうして、ごあいさつにうかがったんでっしゃろ？」

「これが、あいさつだと？　ふざけたことを。こんなものはあいさつとはいわん。ただのひやかしか、のぞき見《み》にすぎんじゃないか」

落《お》ちついた口調《くちょう》とはいえ、屋次郎《やじろう》の声《こえ》はひくく、相手《あいて》にむける目《め》つきもするどさがあります。

しばしの間《あいだ》、たがいにらみあったまま、一歩《ぽ》も引《ひ》かぬ時間《じかん》がすぎていきました。

「ほんにまあ、そないこわい顔《かお》してからに。屋次郎《やじろう》はんは、よっぽど、アテのことが好《す》かんのですなあ」

おそろし矢野助《やのすけ》はひょいと肩《かた》をすくめ、屋次郎《やじろう》にわらいかけましたが、屋次《やじ》郎《ろう》はにこりともしません。おそろし矢野助《やのすけ》は、

「おー、おそろしやおそろしや」

とつぶやきながら、屋次郎《やじろう》の店《みせ》からでていこうとしました。

「おい、矢野助《やのすけ》」

「へえ。なんでっしゃろ?」
「今《いま》はまだ、客《きゃく》も、おぬしの店《みせ》に足《あし》がむいているようだがな。わしは、このま
ま、だまっているつもりはない。かくごしておけ」
「だまっているつもりはない、といいますと?」
おそろし矢野助《やのすけ》が、わずかに首《くび》をかしげると、屋次郎《やじろう》は、あくまで強気《つよき》にこ
ういいはなちました。
「おぬしには考《かんが》えもつかぬようなオバケをつくり、勝負《しょうぶ》してみせる。今《いま》にみて
いろよ、矢野助《やのすけ》」

＊　＊　＊

それからというもの、うらめし屋次郎《やじろう》は、店《みせ》を休《やす》み、くる日《ひ》もくる日《ひ》も、新《あたら》
しいオバケづくりに打《う》ちこみつづけました。もともと、オバケづくりには、自《じ》
信《しん》があった屋次郎《やじろう》ですが、これまでにつくったオバケは、一反《いったん》もめんや子泣《こな》き

じじい、ざしきわらし……などなど、だれもが知《し》っているような有名《ゆうめい》なオバケばかりだったこともあります。

どのようなオバケならば、みんながあっとおどろき、きょうみをもってくれるのか？

うらめし屋次郎《やじろう》は、新《あたら》しいオバケづくりに、ひたすら頭《あたま》をなやませました。

（一反《いったん》もめんと化《ば》けネコをかけあわせて、もめんネコというのはどうだろうか？）

（いやいや。それではまだ、おもしろみがない。いっそのこと、ぬりかべと大《おお》入道《にゅうどう》をまぜあわせ、とんでもなく大《おお》きなオバケにしてやろうか）

屋次郎《やじろう》は、なやみ、まよいながら、いくつもの材料《ざいりょう》をかんおけにいれ、オバケをつくってみましたが、そのどれにも、まんぞくできませんでした。できあがったオバケはどれも、いつかどこかでみたことのあるモノばかりで、目新《めあたら》しさがなかったからです。

（……いったいどうしたらいいんだ。矢野助《やのすけ》にあんなことをいってしまった手《て》前《まえ》、後《あと》には引《ひ》けないいし。かといって、このまま、まんぞくできないオバケを新《しん》商品《しょうひん》として、売《う》りだすわけにもいかない）

こうして屋次郎《やじろう》は、うらめし屋《や》の地下《ちか》にある、かんおけ部屋《べや》に、何日《なんにち》もたてこもることとなりました。

＊　＊　＊

「……ついに、オバケ玉《だま》も、残《のこ》すところあとひとつだけか。毎年《まいとし》、お上《かみ》からは決《き》まった数《かず》のオバケ玉《だま》しか支給《しきゅう》されぬというのに。おそろし屋《や》のせいで、今年《ことし》はずいぶん、あわててしまったものだ。オバケをつくる材料《ざいりょう》がなくては、いくらわしでも、仕事《しごと》にならんのだからな」

四方《しほう》を石《いし》のかべがかこむ、うす暗《ぐら》い地下室《ちかしつ》のなか、うらめし屋《や》次郎《じろう》は、ずらりとならぶかんおけの前《まえ》で、大《おお》きなため息《いき》をつきました。

もともと、ガンコでまじめ。曲《ま》がったことが大《だい》キライな屋次郎《やじろう》です。やると決《き》めたことはとことんやりつくすのが、屋次郎《やじろう》のやりかた。そこには、手《て》ヌキも、あまえも、いっさいこれまでにはありませんでした。

けれども、今回《こんかい》ばかりは、さすがの屋次郎《やじろう》も、ほとほと参《まい》っていました。みんながあっとおどろくような、ものめずらしいオバケをつくりたいと思《おも》えば思《おも》うほど、屋次郎《やじろう》の手《て》はぴたりと止《と》まり、そこからいっさい、動《うご》かすことができなくなってしまったからです。

（これまでに何百《なん》、何千《なん》とオバケをつくってきたというのに、なさけないものだ。わしは、ただのひとつも、自分《じぶん》の考《かんが》えで、オバケをつくったことなどありゃあせん。先代《せんだい》や先々代《せんせんだい》が残《のこ》してくれたひみつの巻物《まきもの》をたよりに、うらめし屋《や》をつづけてきただけだ）

うす暗《ぐら》い地下《ちか》で、たったひとり、何日《なんにち》も頭《あたま》をなやませつづけたせいなのかもしれません。屋次郎《やじろう》はすっかり、自信《じしん》をうしなっていました。

また、それだけではありません。

まじめな性格《せいかく》だけに、いつもなら、この地下室《ちかしつ》も、そうじをかかしたことがなかったのに、今《いま》は、どのかんおけをみても、ひらきっぱなしのまま。うっすらとほこりがたまり、ところどころ、クモの巣《す》がはっていました。

（だいじな商売道具《しょうばいどうぐ》であるかんおけが、ほこりまみれとは。いくらなんでも、ひどいありさまだな）

うらめし屋次郎《やじろう》は、クッとひとつ、にがわらいをしたあと、（まてよ）と、思《おも》いとどまりました。

（一《いち》か八《ばち》か。ためしてみてもいいかもしれない）

屋次郎《やじろう》は、かんおけの中《なか》にたまったわたぼこりの上《うえ》に、残《のこ》りひとつとなったオバケ玉《だま》をいれました。

＊　　＊　　＊

——それから数時間後《すうじかんご》のこと。

シンとしずまりかえる地下室《ちかしつ》に、ポンとひとつ、なにかがはじけでた音《おと》がしました。

オバケの誕生《たんじょう》を、今《いま》や遅《おそ》しとまちかまえていた屋次郎《やじろう》は、びくりと肩《かた》をふるわせます。

いったい、どんなオバケが生《う》まれたのか？

うらめし屋次郎《やじろう》は、もともと細《ほそ》い目《め》をさらに細《ほそ》くさせながら、かんおけの中《なか》をのぞきこみました。するると、そこには、タンポポのわたげのようにふわふわで、風船《ふうせん》のようにまんまるい顔《かお》のオバケがいっぴき。かんおけの中《なか》で、にゅうう一っと長《なが》くのびてみたかと思《おも》うと、いっしゅんで、シュルルと体《からだ》を小《ちい》さくまるめ、ケタケタと明《あか》るい声《こえ》でわらいだしたのです。

「ねえねえ、おじさん。あなたはいったいだあれ？」

「おっ、おじさん？　それは、わしのことか？」

「うん。そうだよ。だって、おじさん、つるっつるのハゲちょびんだし、おひげも真《ま》っ白《しろ》けだもん」

「つ、つるっつるのハゲちょびん？　このわしがか？」

いつもの屋次郎《やじろう》ならば、

（なんとしつれいな）

と、腹《はら》をたてるところですが、目《め》の前《まえ》にあらわれたオバケが、とてもかわいらしかったこともあります。

屋次郎《やじろう》はついつい、いつもの調子《ちょうし》をわすれ、明《あか》るい声《こえ》で返事《へんじ》をしました。

「わ、わしは、うらめし屋次郎《やじろう》ともうすのだが。そなたをつくったのは、なにをかくそう、このわしだ」

「ふうーん。おじさんがあたしを？」

「そうだ、わしがつくった。わしこそがおぬしの生《う》みの親《おや》だ」

とくいげにうなずきかえす屋次郎《やじろう》に対《たい》し、わたぼこりのオバケは、ふわふわと宙《ちゅう》に浮《う》かびながら、屋次郎《やじろう》をみつめかえしました。

「じゃあ、ヤジローは、あたしのお父《とう》さんってことだよね。よろしく、ヤジロー。あたしは、わたぽん。こうみえて、一人前《いちにんまえ》のオバケなんだよ」

「わ、わたぽん？　そなた、そのような名前《なまえ》があるのか？」

「うん。生《う》まれる前《まえ》に自分《じぶん》で名前《なまえ》を決《き》めてきたの。名《な》なしなんてイヤだから、かわいい名前《なまえ》がいいと思《おも》って。あたしに、にあってるでしょ？」

「さ、さようか。たしかにな。わたぽんとやら、なかなかによいひびきの名《な》かもしれん」

屋次郎《やじろう》は、わたぽんに対《たい》し、こう返事《へんじ》をしましたが、正直《しょうじき》なところ、大《おお》いにとまどっていました。見《み》た目《め》といい、中身《なかみ》といい、これまで屋次郎《やじろう》が生《う》みだしたオバケとは、まるでちがっていたからです。

「しかし、そなた。一人前《いちにんまえ》のオバケともうしたが、なにか、とくいなことでもあるのか？」

「なあに？　とくいなことって？」
「つ、つまりだな。わしら、オバケは、人間《にんげん》をおどろかすのが仕事《しごと》であろう？
それでだ。そなたもオバケらしく、なにか、人《ひと》をこわがらせたり、おどろかす
ことができるのか、少々心配《しょうしょうしんぱい》になってな」
屋次郎《やじろう》は、身《み》ぶり手《て》ぶりをまじえ、ていねいに説明《せつめい》をしましたが、わたぽん
はというと、あいかわらず、ふわふわと宙《ちゅう》を飛《と》びまわり、のんきなようす。
オバケらしいこわさなどひとつもみせず、にこにことわらっていました。
「あのね、ヤジロー。わたぽんは、みんなのこと、こわがらせたりするの、す
きじゃないの。キライ」
「な、なんと？」
目《め》を白黒《しろくろ》させて、おどろく屋次郎《やじろう》。
すると、わたぽんは、宙《ちゅう》をまいながら、くるりと身《み》をひるがえし、
「でもね、わたぽん、わらうのは大《だい》すき。オバケだって、いつでもにこにこ、

笑顔《えがお》でいる方《ほう》が楽《たの》しいしね」

と、まんまるい顔《かお》でわらいました。うらめし屋《や》の目玉商品《めだましょうひん》となるはずのオバケが、よりにもよって、わらい好《ず》きのオバケになろうとは、ゆめにも思《おも》わなかった屋次郎《やじろう》です。屋次郎《やじろう》は、ううーん、と頭《あたま》をかかえ、考《かん》えこんでしまいました。けれども、わたぽんにしてみれば、屋次郎《やじろう》がなにをそんなになやんでいるのか、わからなかったのだと思《おも》います。

わたぽんは、ふわふわの体《からだ》を、ぷううーと大《おお》きくふくらませ、

「ねえ、ヤジロー？　あたし、早《はや》く、このうす暗《ぐら》いお部屋《へや》からでたい」

とわがままをいったり、

「わたぽん、せまいところでじっとしてるのキライなの。もっと広《ひろ》いお部屋《へや》につれてってて」

などと、おねだりをしました。

「う、うむ。そうだな。オバケとて、暗《くら》くてせまい場所《ばしょ》は苦手《にがて》という者《もの》もおる

からな。今《いま》すぐちがう部屋《へや》に案内《あんない》しよう」

「やったー。ありがと、ヤジロー」

うらめし屋次郎《やじろう》は、うんとこしょ、と重《おも》いこしをあげ、地下室《ちかしつ》のとびらをひらきました。

＊　＊　＊

しかし、それからというもの、うらめし屋次郎《やじろう》は、わたぽんにふりまわされっぱなしでした。

なにしろ、わたぽんは、まじめな屋次郎《やじろう》とちがい、自由気《じゆうき》ままなオバケです。わたぽんは、店《みせ》の中《なか》をふわふわと、飛《と》びまわっては、ところかまわず、わたぼこりをふりまき、わらっていました。

「これっ。わたぽん。そのように、ほこりをふりまくでないというのに」

「もう、ヤジローったら、またそんなこわい顔《かお》して。おねがいだからわらってよ。あたしみたいに、ね?」

屋次郎《やじろう》は、ケタケタとわらいころげるわたぽんの後《あと》をおいかけ、むちゅうで、そうじをしました。ですが、わたぽんが宙《ちゅう》を飛《と》びまわっている以上《いじょう》、どうにもなりません。しかも、わたぽんがふりまく、わたぼこりは、ただのほこりではなく、新《あら》たなわたぽんを誕生《たんじょう》させてしまう力《ちから》をもっていたのです。

気《き》がつけば、うらめし屋《や》の店内《てんない》は、何《なん》十ぴきもの、わたぽんであふれかえるしまつ。わたぽんたちは、店《みせ》の中《なか》でおとなしく寝《ね》ていたろくろっ首《くび》の首《くび》をにょろろろーんと、長《なが》く引《ひ》きのばしてみたり、大《おお》きな瞳《ひとみ》をもつひとつ目《め》こぞうと、にらめっこをしはじめました。

(わしとしたことが、とんでもないオバケをつくってしもうたわ)

(こんなありさまをおそろし屋《や》のヤツにみられたら、それこそ、いいわらい話《ばなし》だ)

屋次郎《やじろう》はますます、頭《あたま》をなやませましたが、わたぽんは、屋次郎《やじろう》のなやみなど、おかまいなしです。

「ねえ、ヤジロー？　早《はや》くお店《みせ》あけようよ」

と、屋次郎《やじろう》をせかしたかと思《おも》うと、生《う》まれたばかりのわたぽんまでもが、

「ヤジロー、お店《みせ》。ヤジローあけて」

といっせいにつぶやきはじめたではありませんか。

これには、さすがの屋次郎《やじろう》も、首《くび》をぶんぶんと横《よこ》にふり、

「とんでもない！」

と厳《きび》しい顔《かお》。けれども、わたぽんたちは、そんな屋次郎《やじろう》をみて、

「ヤジロー～お店《みせ》、あけてあけて。ヤジローアケテー♪」

と、ますます大《おお》はしゃぎ。屋次郎《やじろう》は、

「わかったわかった。今《いま》、店《みせ》をあけるから、少《すこ》しはしずかにせんか。お前《まえ》たち」

と、さわがしいわたぽんたちにいってきかせました。

ここまでくれば、半《なか》ばやけくそ。

どうにでもなれと、投《な》げやりな気分《きぶん》になった屋次郎《やじろう》ですが、そんな心配《しんぱい》はいらなかったようです。

＊　＊　＊

ついさきほどまで、ふざけてばかりいたわたぽんたちも、店《みせ》をあけたとたん、ニコニコと笑顔《えがお》で、お客《きゃく》さんたちに声《こえ》をかけはじめたからです。

「いらっしゃいませー。こちら、うらめし屋《や》。オバケのうらめし屋《や》ですよー」

「さあさあ、お客《きゃく》さん。幽界《ゆうかい》にきた記念《きねん》に、うらめし屋《や》のオバケはいかがですか？」

「いつもニコニコ、笑顔《えがお》のオバケといえば、うらめし屋《や》のわたぽん！　わたぽんをどうぞ！」

わたぽんたちが、わらえばわらうほど、うらめし屋《や》の店先《みせさき》に人《ひと》が集《あつ》まってきます。そのため、わたぽんの中《なか》には、店《みせ》の商品《しょうひん》である、小豆《あずき》とぎとともに、ジャラジャラとにぎやかな音《おと》をかきならし、わたぽん流《りゅう》のぽんぽんダンスで大盛《おおも》りあがりをみせるもの、いつもはクールなのっぺらぼうや雪女《ゆきおんな》までもが、

「ぽんぽん、わたぽん♪　わたぽんぽーん♪」

とおしりをふりふりおどりはじめる始末《しまつ》です。

自由気《じゆうき》ままにおどり、盛《も》りあがる仲間《なかま》をみて、ほかのわたぽんたちがだまっているはずなど、ありませんでした。

「ぽぽっ？　めっちゃ楽《たの》しそう！　うちらもなにかやろう！」

と、ほかのわたぽんたちも、真《ま》っ赤《か》なくちびるをした口《くち》さけ女《おんな》の口《くち》からシュルルとクモの巣《す》をはきだしたのです。

――シュルル。シュルル。

わたぽんたちは、あ・うんの呼吸《こきゅう》でたがいに協力《きょうりょく》しあい、

「ぽんぽん☆シュルル～」

と、それはみごとなお祭《まつ》り山車《だし》――巨大《きょだい》なわたぽんねぶた――を、クモの巣《す》でつくりあげてみせました。

「歌《うた》におどりに、ねぷたときたら、次《つぎ》は『あれ』しかないよね？」

「ぽぽぽっ！　だよねだよね。やっちゃおう！」

ふわっふわの体《からだ》をうす桃《もも》にそめて、にこにことわらいあうわたぽん。そんなわたぽんたちを止《と》める者《もの》など、もうだれもいませんでした。わたぽんたちは、うらめし屋《や》の屋根《やね》をこすほどに長《なが》くのびた、ろくろっ首《くび》の頭上《ずじょう》から、まるで花《はな》火《び》のように色《いろ》とりどりに花《はな》ひらくと、

「わたぽん花火《はなび》！　ぽん・ぽ・ぽ〜ん♪」

と、かれいに飛《と》び散《ち》ってみせたからです。

気《き》がつくと、うらめし屋《や》の前《まえ》には、人間界《にんげんかい》から幽界《ゆうかい》へとやってきたたくさんの人《ひと》、また人《ひと》であふれ、大《おお》にぎわい。しかも、お客《きゃく》さんのほとんどが、わたぽんをひと目《め》みたいと集《あつ》まってくれているのです。

これには、わたぽんの生《う》みの親《おや》である屋次郎《やじろう》も、目《め》をまるくして、おどろきました。

けれども、おどろいたのは、屋次郎《やじろう》だけではありません。おそろし屋《や》の店主《てんしゅ》、おそろし矢野助《やのすけ》もそのひとりでした。

「や……、屋次郎《やじろう》はん。屋次郎《やじろう》はん！」

「おお、だれかと思《おも》えば、おそろし屋《や》ではないか。どうしたんだ。そんなにあわてて」

「そりゃ、あわてもしますよ、屋次郎《やじろう》はん。このさわぎ、いったいどないしはったんですのん？」

まさに、目《め》を皿《さら》のようにみひらいている矢野助《やのすけ》をみて、屋次郎《やじろう》は、

「ははは」

とわらいだしていました。

「わしにも、ようわからん。だが、わたぽんたちが明《あか》るく笑顔《えがお》をふりまくこと

で、たくさんの人《ひと》をおどろかせているのだけは、わしにもわかる」

「わたぽんといわはりますと……。わたがしみたいな、あのちんちくりんですかいな？」

首《くび》をかしげる矢野助《やのすけ》に対《たい》し、屋次郎《やじろう》は、そうだ、とうなずきかえしました。

「わしも、さいしょは、あの子《こ》らをみて、とんでもないオバケを生《う》みだしたものだと、思《おも》ったのだがな。なかなかどうして。わたぽんのように、よくわらうオバケがいてもいいのかもしれん」

「わらうオバケて……。そないなこと、屋次郎《やじろう》はんは、ゆるせますのん？」

顔《かお》をしかめ、きつい口調《くちょう》でつめよる矢野助《やのすけ》に対《たい》し、屋次郎《やじろう》は、肩《かた》をすくめたあと、答《こた》えました。

「ゆるすもなにも。そもそもわしらオバケは人《ひと》をおどろかすのが仕事《しごと》だからな。これまでのように、こわくておそろしいオバケだけがいいとはかぎらん。それよりもむしろ、にぎやかでよくわらうオバケのほうが、みな、目《め》をまるくしておどろくくらいなのだから。これからの時代《じだい》、わらうオバケというのも、なかなかのモノかもしれんぞ」

屋次郎《やじろう》はこうつぶやくと、おそろし矢野助《やのすけ》に、すっと手《て》を差《さ》しだしました。

「どうだ？　矢野助《やのすけ》。ここはひとつ、わしらも手《て》を取《と》りあい、わらうというのは」

「――や、屋次郎《やじろう》はん？」

おどろきのあまり、目《め》をパチクリさせる矢野助《やのすけ》。しかし、屋次郎《やじろう》は、そんな矢野助《やのすけ》に対《たい》し、

「いがみあいはこれまで。これからは、おたがい仲《なか》よくやっていこうではないか。のう、矢野助《やのすけ》よ」

と、にこやかにわらいかけました。

「ほんま、かなわんなあ。屋次郎《やじろう》はんには。同《おな》じオバケやいうのに、おどろかされてばっかりや」

「ははは。まったくな。声《こえ》をあげてわらうなど、わしとて、いまだにしんじられん。まさか、このわしが、とな」

屋次郎《やじろう》と矢野助《やのすけ》は、たがいの手《て》をにぎり、

「ははは」とわらいあいました。

――そして、それからというもの。

うらめし屋《や》もおそろし屋《や》も、つねにたくさんのお客《きゃく》で大《おお》にぎわい。屋次郎《やじろう》と矢野助《やのすけ》は、よくわらう明《あか》るい店主《てんしゅ》として、幽界《ゆうかい》で有名《ゆうめい》になったそうですよ。

ぞくぞくびっくり箱

おばけのおーちゃん、やってきた！

北川チハル・作　亀岡亜希子・絵

夕方五時《ゆうがたじ》のテレビニュース。

ガタガタと鳴《な》る窓《まど》の音《おと》をバックに、気象予報士《きしょうよほうし》のおねえさんがいった。

「これから風《かぜ》はますます強《つよ》くなり、やがて雨《あめ》もふりだして、日本列島《にほんれっとう》は、大《おお》あれの天気《てんき》となるでしょう」

リビングのテーブルにスケッチブックを広《ひろ》げ、アニメキャラの絵《え》をかいていたぼくは手《て》を止《と》めた。キッチンからママが飛《と》びだしてきたからだ。

「あらしがくる！」

ママは夕《ゆう》ごはんのしたくをほっぽりだして、玄関《げんかん》わきの戸《と》だなに顔《かお》をつっこんだ。

「ゴウ、みて！　これ、なんだかわかる？」

「……防災《ぼうさい》リュック」

だって、そのリュックにでかでかと、そう書《か》いてある。

「あったりー！　防災《ぼうさい》リュックって、こういうときのためのリュックよね！」

ママはにこにこしながら、リュックのふたをあけて、しゃべりまくる。

「ほら、パパ、出張《しゅっちょう》ばっかでほとんど家《いえ》にいないし。今週《こんしゅう》だって台湾《たいわん》だし。だから、いざっていうときのために、これツーハンで買《か》っておいたんだよねえ。ママ、えらい？」

「……はいはい、えらい」

てきとうなあいづちでも、ママはぜんぜん気《き》にしない。

「でしょーっ。ママ、天才《てんさい》！」

「えらい」をかってに「天才《てんさい》」に進化《しんか》させ、ママはリュックから、懐中電灯《かいちゅうでんとう》を取《と》りだした。ドラえもんが四次元《じげん》ポケットから魔法《まほう》の道具《どうぐ》をだすときみたいな音《おと》をつけて。

「チャラララッチャラー！　……あれれ？　つかない!?」

「……電池《でんち》は？」

「買《か》ったときから入《はい》ってるわよぉ」

「買《か》ったのいつ？」

「……けっこう前《まえ》……」

「電池《でんち》の取《と》りかえは？」

「……してません……」

ママが、がっくり、ひざをついた。

「カオリ選手《せんしゅ》、ツーコンの初歩《しょほ》ミス～～～」

ドラえもんをやめて、なんかの選手《せんしゅ》になったママは、くちびるをかんで立《た》ちあがる。

「……リベンジ。ひとっ走《ぱし》りして電池《でんち》をゲットしてくる！」

「ええっ？　今《いま》からぁ？」

ぼくはあわてた。

「あぶないよ。もう夜《よる》がくるよ。あらしだってくるんでしょ？　家《いえ》でじっとしてなって！」

「へーきへーき。マルゲンさんなら近《ちか》いし！」

ってぜんぶいいおわらないうちに、ママはもう、がまぐちを右手《みぎて》でつかみ、左手《ひだりて》でドアをあけ……、ああ、マンションのろうかをかけていく足音《あしおと》が遠《とお》くなる――。

「……まったくもう、ママがあらしだよ！」

ぼくは、ためいきついて、ドアをしめた。

「……ママってさ、人《ひと》のいうこと、ちっともきかない。ぼくにはあれこれいうくせに」

雨《あめ》がふりだしそうなときは出《で》かけちゃだめよ、夜《よる》が近《ちか》くなったら出《で》かけないの、でないとこわい目《め》にあうからね、野犬《やけん》がでるよ、おばけがくるよ……小《ちい》さいころから、ずーっとぼくにいいきかせてきたくせに。

「ぼくもう、ママのいうこと、きかないぞ」

そうつぶやいたときだった。

ピンポーン。

ドアチャイムの音《おと》。

「わすれものしたあ！」

って、ママがもどってきたにちがいない。

ぼくは、ドアを大《おお》きくあけ、わざとつめたい声《こえ》でいってみた。

「どちらさまですかあ？」

「はい、おばけちゃんです」

「……え？」

そこにいたのはママじゃない。小《ちい》さな子《こ》。白《しろ》いスカーフみたいなものを頭《あたま》にまいて、白《しろ》いポンチョみたいなふくを着《き》て……てるてるぼうずにヘンソーしているつもりかな？

その子《こ》は、にこにこぉ～っとしていった。

「こんばんは。あたし、おばけちゃんです。遊《あそ》びにきたの。いーれーてっ」

「い、いれてっていわれても……。知《し》らない人《ひと》は家《いえ》にいれちゃだめって、ママが……」

「あたし、人《ひと》じゃないよ。おばけちゃん！」

おばけちゃんは、ますますわらって、

「おじゃましまーす」

部屋《へや》にあがりこんできた。

あの子《こ》、おばけちゃんっていったよね？

そんな名前《なまえ》の子《こ》、いるわけないよね？

かるく、パニック。でも目《め》はれいせいに、おばけちゃんの後《あと》をおう。

足《あし》は、ある。玄関《げんかん》に白《しろ》いくつがそろえてあるし、今《いま》ソファに腰《こし》かけて、白《しろ》いくつしたのつま先《さき》をぷらぷらとさせている。

それにしても、まよわずリビングにむかったし、この家《いえ》のこと、よく知《し》ってるみたい。

それにあのアーチをえがいてわらう目《め》や、口《くち》をみょーんっとのばしてわらう、愛《あい》きょう満点《まんてん》の顔《かお》は、どこかみおぼえあるような……。

ママだ！　ママのわらった顔《かお》ににてるんだ。そっか。もしかして、あの子《こ》はぼくがまだあったことない親《しん》せきの子《こ》とか？

「あのう……おばけちゃん？」

しかたがないから、こうよんだ。

「な、あ、に？」

おばけちゃんは全身《ぜんしん》から、にこにこスパークをふりまいて返事《へんじ》した。

……か、かわいい。このにこにこスパークには勝《か》てる気《き》しない。ぼく、ママの笑顔《えがお》にだって弱《よわ》いんだ。

「あのさ、えっと……、おばけちゃんって、すごーく呼《よ》びにくい名前《なまえ》なんだけど」

「おーちゃんで、いいよぉ」

「うん……あのね、おーちゃん。おうちの人《ひと》は、おーちゃんがここにきていること、知《し》っているのかなあ？」

「おうちのひと？　カオリのこと？」

カオリって、ママの名前《なまえ》だ。それを知《し》っているってことは、やっぱりおーちゃんは、親《しん》せきの子《こ》にちがいない。

「ねえ、ゴウ。カオリは、どこ？」

ぼくの名前《なまえ》も知《し》っている！　さては、ママ、ぼくにおーちゃんのこと、いろいろ話《はな》すの、わすれたな。

「あー、今《いま》は、ここにいないんだ」

「いない？　じゃあー、さがしにいこっか？」

小首《こくび》をかしげるおーちゃんは、にこにこスパークに、おでかけしたいビームもプラスして、もうかわいすぎるったらありゃしない。

だからつい、

「……いこっか」

って、ぼくもうなずいちゃったんだよねえ。

通《とお》りにでると、生《なま》ぬるい風《かぜ》がふいていた。街灯《がいとう》につるされたかぼちゃランプが、キイキイゆれてさわいでる。そういえば、もうすぐハロウィンだ。

おーちゃんは、ハロウィンが好《す》きなのかな。それで、てるてるぼうずみたいなヘンソーをして、おばけごっこしてるのかもしれない。

そんなことを考《かんが》えながら、人《ひと》かげのない道《みち》を歩《ある》いていたら、おへそのあたりがくすぐったくなってきた。だって、おーちゃんが、ぼくの手《て》をきゅうっとにぎって歩《ある》くから。ちっこい手《て》。白《しろ》くてマシュマロみたいにふっわふわ。もしぼくに妹《いもうと》ができたらさ、こんな感《かん》じなのかなあ。

「あ！　ぴかぴか！」

おーちゃんが、横《おう》だん歩道《ほどう》の前《まえ》で、とつぜん、指《ゆび》をさした。

「……信号《しんごう》っていうんだよ」

ぼくがいうと、おーちゃんはさらに目《め》をまるくした。

「……シン、ゴウ？　ゴウとにてる！」

「ああ、名前《なまえ》がね。そっかー、おーちゃんはまだ信号《しんごう》を知《し》らないのかあ」

よっぽどいなかに住《す》んでいるのかな。

ぼくは、おーちゃんに教《おし》えてあげた。

「いい？　信号《しんごう》はよくみなくちゃだめだよ。赤《あか》は、止《と》まれ。青《あお》は、進《すす》め。横《おう》だん歩道《ほどう》を渡《わた》るときのだいじなサインなんだ」

「へーっ、だいじ！」

信号《しんごう》が赤《あか》になった。

「止《と》まれ！」

おーちゃんは、だるまさんがころんだをするみたいに、全身《ぜんしん》の動《うご》きをぴたりと止《と》めた。

「……おーちゃん、固《かた》まらなくてもだいじょうぶ。ここを渡《わた》らなければいいんだ」

信号《しんごう》が青《あお》になった。

「進《すす》め！」

おーちゃんが、歩《ある》きだしかけたとき、

チリンチリン！

自転車《じてんしゃ》が、ぼくらをおいこしていった。

「ゴウ！　あれ！　チリンチリン！　速《はや》い！」

「自転車《じてんしゃ》っていうんだよ。おーちゃんは、ほんとになんにも知《し》らないんだなあ」

それからも、車《くるま》をみたり、バイクをみたりするたびに、おーちゃんはおどろいて、そして、にこにこぉ～っとよろこんだ。なんだかぼくまでうれしくなってきて、わらってばかりいるうちに、マルゲンについた。

お店《みせ》にはいる前《まえ》、ぼくはおーちゃんにいった。

「ぼくがカオリ（このさい、おーちゃんにあわせて、こうよんじゃう）をさがすから、おーちゃんはだまってぼくについてきて。お店《みせ》の中《なか》でさわいじゃだめだから、おしゃべりナシだよ」

「おしゃべり、ナシ！」

おーちゃんは、ちっこい両手《りょうて》をぱっと口《くち》にあてて、にこにこぉ～っとわらった。

マルゲンは、ワンフロアに食料品《しょくりょうひん》や日用品《にちようひん》がならぶスーパーだ。それほど広《ひろ》くはないけれど、あちこち歩《ある》いてママをさがすより、まちぶせしようと、レジ近《ちか》くのベンチにこしかけた。けれど、ママはなかなかあらわれない。

「おーちゃん、ここでちょっとまっててね」

ぼくはサービスカウンターへいって、ママのことを聞《き》いてみた。カウンターのおばさんは首《くび》をかしげていたけれど、ヒントをくれた。

「今日《きょう》は、電池《でんち》を買《か》いにこられたお客様《きゃくさま》が多《おお》くてね、すぐに売《う》り切《き》れてしまったの」

ナルホド。きっと、ママがマルゲンさんにきたときにはもう電池《でんち》は売《う》り切《き》れだったんだ。それでママは、ホームセンターまで電池《でんち》を買《か》いにいったにちがいない。それなら、雨《あめ》がふりだす前《まえ》に家《いえ》に帰《かえ》ろう。ホームセンターは、おーちゃんをつれて歩《ある》くには遠《とお》すぎる。

ぼくは、おばさんに頭《あたま》をさげてもどった。

「……おーちゃん？　それ、どうしたの？」

ベンチにちんまりすわったおーちゃんのひざには、いつのまにか、ぱんぱんにふくらんだレジ袋《ぶくろ》が乗《の》っていた。中《なか》には、みかんやおかし、ジャムパン、おにぎり、ジュースなんかが入《はい》ってる。でも、「おしゃべりナシ」のやくそくを守《まも》っているおーちゃんは、ただ、にこにこぉ〜っとわらっているだけだ。

お店《みせ》をでると、おーちゃんは、やっと話《はなし》をしてくれた。

「あのね、これみんなくれたのよ。知《し》らないおじちゃんやおばちゃんが。にこにこぉ〜ってしてたら、いいこねえ、かわいいねえって」

「……すごいね、おーちゃん」

ぼくは、おーちゃんの頭《あたま》をなでた。

「お金《かね》ないのに、買《か》い物《もの》しちゃったみたいだ」

それからぼくらは、ならんで家《いえ》に帰《かえ》った。

帰《かえ》り道《みち》、おーちゃんは、にこにこぉ〜っとしながらもらったものを取《と》りだして、

「これ、なーに？」

と、ひとつひとつ、名前《なまえ》を聞《き》いた。ぼくが教《おし》えると、おーちゃんはすぐにおぼえた。

家《いえ》について、一〇三号室《ごうしつ》のドアをあけると、あれ？　リビングに明《あ》かりがついている。

「……ママ？　帰《かえ》ってるの？」

そーっと入《はい》っていくと、知《し》らない男《おとこ》の人《ひと》がいた。テレビボードの引《ひ》き出《だ》しをあけている。黒《くろ》ずくめ。顔《かお》をかくすためなのか、ガイコツマスクをかぶってる……どろぼう？

ぼくは、足《あし》がふるえて動《うご》けない。

ガイコツ男《おとこ》も、こっちに気《き》づいて止《と》まった。

でも、おーちゃんは、

「あ！　遊《あそ》びにきたの？　わーい」

って、ガイコツ男《おとこ》にだきついた。

「……おーちゃんの知《し》ってる人《ひと》？」

ぼくがきくと、おーちゃんは首《くび》をふった。

「知《し》らなーい」

ガイコツ男《おとこ》が、やっと口《くち》をひらいた。

「……お、おかしくれなきゃいたずらするぞ」

かん高《だか》い作《つく》り声《ごえ》。ぼくらが子《こ》どもだけだとわかって、子《こ》どもだましにでたようだ。ハロウィンには、まだ早《はや》いのに！

「おかし？　おーちゃん、もってるよぉ！」

おーちゃんは、にこにこぉ〜っとしながら、レジ袋《ぶくろ》から、キャンディを取《と》りだした。

「はい、あげるねえ。さ、遊《あそ》ぼ！」

「あ、いや、まて、おっちゃんは……」

「おっちゃん？　おっちゃんって名前《なまえ》なの？　おーちゃんとにてる！」

おーちゃんは、手《て》をたたいて飛《と》びはねた。

ガイコツ男《おとこ》は、ちらっとまどをふりかえる。

ベランダのまどが少《すこ》しあいていた。そうか。ぼくがかぎをしめわすれて出《で》かけちゃって……、あそこからガイコツ男《おとこ》は入《はい》ってきたんだ。

よくみると、ガイコツ男《おとこ》はちゃんとくつをぬいでいる。足元《あしもと》のかばんはぺちゃんこだ。どうやらまだなにもとられてないみたい。

「えーと、おっちゃん、もう帰《かえ》らなきゃ」

ガイコツ男《おとこ》は、そわそわしていった。

「きみたちも、もうすぐ、おうちの人《ひと》が帰《かえ》ってきて、晩《ばん》ごはんだろ？」

「そういえば……、ママ、ごはん、つくらないででていった……」

ぼくが思《おも》わずつぶやくと、

「さがしにいったけど、みつからないの」

って、おーちゃんがいった。

「……パパは、どうした？」

「あんまり家《いえ》に帰《かえ》ってこないから……」

しまった。ガイコツ男《おとこ》についほんとのことをいっちゃった。もうすぐ帰《かえ》ってくることにしたほうが、よかったのに。

ガイコツ男《おとこ》の声《こえ》が、やさしくなった。

「そうか……、おまえたち、あれだな、イクジホーキとかいうの？　ときどきニュースで聞《き》くが……ひどい親《おや》だな、かわいそうに……」

え？　パパは出張《しゅっちょう》でいないだけだし、ママはたぶんホームセンターかどこかで知《し》りあいにあって、時間《じかん》をわすれて話《はな》しこんでるだけだと思《おも》うけど……。

「よしっ。おっちゃんが、ちょっとだけ遊《あそ》んでやる！」

ああ、へんなことになっちゃったあ！

ぼくは頭《あたま》がくらっとした。

おーちゃんは、にこにこぉ～っとしながら、

「チリンチリンごっこしよう！」

って、ガイコツ男《おとこ》をさそってる。ガイコツ男《おとこ》も、おーちゃんのにこにこスパークにやられちゃったにちがいない。おーちゃんの話《はなし》を聞《き》いて、いわれたとおり、自転車役《じてんしゃやく》をするために、ゆかに両手《りょうて》と両《りょう》ひざをついた。

おーちゃんは、ガイコツ男《おとこ》にまたがると、

「ゴウはシンゴウ！　ぴかぴか、やって！」

と、ぼくを指《ゆび》さした。

こうなったら、しかたない。さっさと遊《あそ》んで、ガイコツ男《おとこ》に帰《かえ》ってもらおう。

ぼくは、スケッチブックに信号《しんごう》の絵《え》をテキトーにかくと、それをかかげた。

おーちゃんは、満足《まんぞく》して、さけぶ。

「おし！　じゃ、みかんのあるとこいくぅ！」

「よっしゃー！」

ガイコツ男《おとこ》も、おーちゃんを乗《の》せてリビングを一周《しゅう》すると、さけんだ。

「みかん畑《ばたけ》にとうちゃく～！」

「やったあ。じゃ、みかん、食《た》べよぉ！」

おーちゃんは、レジ袋《ぶくろ》からみかんをだしてきて、みんなにわけた。

「うふふ。おいしーねっ！」

食《た》べおわると、またチリンチリンごっこ。

「こんどは、ジャムパンあるとこいくぅ！」

「よっしゃー、ジャムパン畑《ばたけ》にとうちゃく！」

「おにぎりあるとこ、いくぅ！」

「おにぎり畑《ばたけ》にとうちゃくー！」

ガイコツ男《おとこ》は、おーちゃんを乗《の》せて、どこへでもいった。目的地《もくてきち》につくと、おーちゃんはマルゲンでもらったジャムパンやおにぎりを袋《ふくろ》からだして、みんなにわけた。

「すごいね、おーちゃん。なんでももってるね」

ガイコツ男《おとこ》は、感心《かんしん》していった。

「うん、あのね。お金《かね》ないけど、もらったの。にこにこぉ～ってしてたらね」

「……お金《かね》なくても？　そうか……、にこにこしてたら、そんなにいいことあったのかあ」

ガイコツ男《おとこ》が、だまりこんだ。

までをゆらす風《かぜ》が、強《つよ》くなった。

「……よし、おっちゃん、帰《かえ》ろう。心《こころ》をいれかえて、おーちゃんみたいに、にこにこして、いちからやりなおしてみよう」

「帰《かえ》るの？　またきてねえ」

遊《あそ》んでもらって満足《まんぞく》したおーちゃんは、おにぎりをほおばりながら、にこにこぉ～っと手《て》をふった。

もう二度《ど》とこないでねえと思《おも》いながら、ぼくも手《て》をふった。

ガイコツ男《おとこ》は、からっぽのかばんをもって、ベランダのくつをはき、さくをこえてでていった。

ぼくはいそいで、窓《まど》のかぎをしめた。

はぁ。おーちゃんのおかげで、つかれたけど助《たす》かった……。おーちゃんもつかれちゃったにちがいない。ふりむくと、おにぎりをもったまま、ソファにもたれてねむってた。

ぼくは、おにぎりをラップにつつんでレジ袋《ぶくろ》にもどしてやった。それからリビングにふとんをもってきて、おーちゃんを寝《ね》かせて……だめだ、ぼくも、もうねむい。

雨《あめ》のふりだす音《おと》が、遠《とお》くに聞《き》こえた。

ガチャガチャ……バタン！

「ゴウ、ごめーん！」

ドアのあく音《おと》。ママの声《こえ》。

目《め》をあけると、ぼくをのぞきこむママの顔《かお》。

「マルゲンさんへいったら電池《でんち》売《う》り切《き》れで、ホームセンターへいくとちゅうで、ママ、ぶったおれちゃったみたいでさー。救急車《きゅうきゅうしゃ》で病院《びょういん》に運《はこ》ばれたんだけど、ママ、意識《いしき》がなくて、ほら、がまぐちしかもってなかったでしょー？　身元《みもと》がわからなくて、病院《びょういん》の人《ひと》もこまっちゃったみたいで。でも検査《けんさ》はしてくれて、

そしたらあ！　ママのおなかに赤《あか》ちゃんがいるんだって！　すてきでしょぉ？　ってなわけで、帰《かえ》りが遅《おそ》くなって、ごめんねえっ！」

ママがぼくをぎゅーっとだきしめる。

ぼくは、ぼんやりあたりをみまわした。

ここはリビング。ふとんをしいて……ぼく、ねちゃったんだ。窓《まど》が明《あか》るい。朝《あさ》なんだ。あらしはさったみたい。……おーちゃんは？

ママをおしのけ、体《からだ》をおこす。おーちゃんがいない。レジ袋《ぶくろ》も消《き》えている……ゆめだったのか？　でも、ゆかに広《ひろ》げたスケッチブックに信号《しんごう》の絵《え》はかいてある……。

「……ゴウ、ほんとにごめん。おこってる？」

ママが、にこにこぉ〜っとしながら、首《くび》をかたむけた。おーちゃんそっくりの笑顔《えがお》。

ママにいいたいことは、いっぱいある。だけど、なにからどう話《はな》せばいいかわからない。

「……とりあえず、ごはん、食《た》べたい」

「そうねっ！　夕《ゆう》べのごはんと今日《きょう》の朝《あさ》ごはんを食《た》べなくちゃ！」

ママはわけのわからないことをいって、キッチンにかけこんだ。

ぼくはまだ、少《すこ》しぼんやりする頭《あたま》で考《かんが》えた。おーちゃんのこと、さっきママがいったこと。

……あれ？　おへそのあたりがくすぐったくなってきた。

おーちゃんとつないだ手《て》をじっとみる。

ぼくの顔《かお》は、知《し》らないうちに、にこにこぉ～っとなっていた。

ぞくぞく
びっくり箱

あやしいお客《きゃく》さん

くぼ ひでき・作　橋 賢亀・絵

あたしの家《いえ》は酒屋《さかや》をやってる。

ひいおじいちゃんのひいおじいちゃんのころからずっとお店《みせ》をやってて、ビールに日本酒《にほんしゅ》、ワインにブランデー。どんなお酒《さけ》も、ぜーんぶそろってる。

ある日《ひ》、学校《がっこう》がおわるとあたしは、病院《びょういん》に検診《けんしん》へいくお母《かあ》さんのかわりに、お店番《みせばん》をすることになった。

「ほんとにいいの、かなこ？」

「だいじょーぶ！　まかせて」

「ほんとに？」

あたしは親指《おやゆび》を立《た》てて、にーっとわらってみせた。お母《かあ》さんは何度《なんど》も心配《しんぱい》そうにしながら、でも時間《じかん》に遅《おく》れちゃいけないってでていった。

お母《かあ》さん、ずいぶんおなかが大《おお》きくなって、だからお手伝《てつだ》いしなきゃって思《おも》ったんだよね。そうだよ、おねえちゃんになるんだしね。

お店番《みせばん》といったって、そんなにむずかしいことじゃないよ。

お客《きゃく》さんがくるまでは、レジが置《お》いてあるカウンターで宿題《しゅくだい》をやって、あとはマンガなり本《ほん》なり読《よ》んでればいい。なんならテレビをみていても、ゲームをしていてもかまわない。

お客《きゃく》さんがきたらそういうのはカウンターの下《した》にしまって、レジで品物《しなもの》を袋《ふくろ》にいれて、お金《かね》をもらっておつりを渡《わた》して、それでおしまい。

注文《ちゅうもん》も包装《ほうそう》も、むずかしかった仕事《しごと》だって、近《ちか》ごろはひとりでできるようになった。これまで、お父《とう》さんやお母《かあ》さんのやること、じっとみてたからね。

「おっ、かなこ。母《かあ》さんはもうでかけたのか？」

お父《とう》さんだ。こしに大《おお》きな紺色《こんいろ》のエプロンをつけて、裏《うら》の倉庫《そうこ》からやってきた。

「うん。さっき」

「そうか。じゃあ、おいかければ間《ま》にあうな。車《くるま》でいったほうが早《はや》いからな。かなこ、母《かあ》さんを病院《びょういん》におくったら、そのあと配達《はいたつ》にまわるから。なるべく早《はや》く帰《かえ》るよ」

「あんまり信用《しんよう》できないなあ」

いつもは、配達《はいたつ》にいった先《さき》でおしゃべりしてきたり、お茶《ちゃ》を飲《の》んだり、いろいろしてるからなかなか帰《かえ》ってこないんだもん。

「今日《きょう》はより道《みち》しないから。たぶん大《おお》きな配達《はいたつ》があるしね」

「そうなの？」

「そうそう。じゃあ、留守番《るすばん》、まかせたぞ。だれがきても、あわてずにな」

お父《とう》さんはそういって、ばたばたとお店《みせ》をでていった。

もう。心配性《しんぱいしょう》だなあ。あわてんぼうは、お父《とう》さんじゃん。

＊　＊　＊

で、あたしはレジのカウンターで、算数《さんすう》ドリルをひらいてた。
カッチカッチカッチカッチ
時計《とけい》の音《おと》がする。お父《とう》さんもお母《かあ》さんもいないお店《みせ》って、やっぱりしずかだな。

ほんとは、だれかそばにいてくれたらなあって思《おも》う。

でも、ここはがんばらなくちゃ！

〔イラッシャイマセ〕

とつぜん機械《きかい》の声《こえ》がした。

自動《じどう》ドアがひらいたのだ。つまりお客《きゃく》さんがきたってこと。

あたしは算数《さんすう》ドリルをカウンターの下《した》にいれた。そして、思《おも》わずペンケースを落《お》としてしまった。

店《みせ》に入《はい》ってきたのは、でっかいトラじまのネコだった。

お父《とう》さんよりも背《せ》が高《たか》いんじゃないだろうか。それにずんぐりしてるから、ずいぶん重《おも》そうだ。毛《け》は少《すこ》しごわごわした感《かん》じ。よくみるとしっぽが五本《ほん》ある。

そういえば、クラスメイトでオカルト好《ず》きのケンタくんからかりた本《ほん》に、ネコは九回《かいい》生きかえることができて、そのたびにしっぽがふえるって書《か》いてあった。

それじゃ、こいつ、化《ば》けネコ？

えー!?

あたしは息《いき》をのんだ。

ネコを観察《かんさつ》していると、どうやらお酒《さけ》をさがしているらしい。日本酒《にほんしゅ》のコーナーをじっくりみたあと、中国《ちゅうごく》のお酒《さけ》をみている。

どうしよう。声《こえ》をかけてあげたほうがいいのかな。

でも、とって食《く》われたりしたら、やだなあ。

トラじまネコに食《た》べられてしまうところを、うっかり考《かんが》えちゃって、あたしはよけいに悲《かな》しくなってしまった。

ネコはときどき店《みせ》の外《そと》をながめた。あたしもつられて外《そと》をみた。

表通《おもてどお》りには、だれひとり、とおってなかった。大声《おおごえ》でさけんでも気《き》づいてくれないかもしれない。ネコはだれかをまってるのかな。

そのときまた自動《じどう》ドアがひらいた。助《たす》けがきた？

と、やってきたのはまたネコだった。ほっそりした白《しろ》ネコで、赤《あか》い首輪《くびわ》がすごくにあってる。

「おまたせー」

「おお。まちかねたぞ」

「ごめんねえ。このあたりひさしぶりだから、あいさつにまわってて」

「おぬし、人気者《にんきもの》だったからな」

「なぁにー、ほめてもなんにもでてこないわよ。きゃはは」

白《しろ》ネコの声《こえ》はきゃらきゃらとしていた。毛《け》なんて細《ほそ》くてやわらかそうで、ぬいぐるみみたいだ。だきついたら気《き》もちがいいかもしれない。それに、すらっとのびたしっぽもかわいい……。

二本《ほん》、ある。

やっぱりこいつも化《ば》けネコか。

いけない。そんなこと考《かんが》えてる場合《ばあい》じゃないや。どうしよう。化《ば》けネコのお客《きゃく》さんなんて、どうしたらいいんだ。

ちゃんとお金《かね》をはらってくれるのか。

いやいや、それより、なにか悪《わる》さはしないのか。やっぱり、食《た》べられちゃうのかもしれない。

あたしがまじまじとみている間《あいだ》、二匹《ひき》のネコはあれこれとお酒《さけ》を手《て》に取《と》ってくらべていたが、どうも気《き》にいったのがないらしい。トラじまがレジにやってきた。

「おじょうちゃん。マタタビのお酒《さけ》はあるかな」

「マタタビ、ですか？」

「そうそう、マタタビ。棚《たな》にないのでな」

「やっぱりあれじゃやなきゃダメよねえ」

白《しろ》ネコがうっとりした声《こえ》でいった。

うちの店《みせ》には世界中《せかいじゅう》のお酒《さけ》が集《あつ》まっているから、マタタビ酒《しゅ》もきっとあるはずだ。

お母《かあ》さんに書《か》いてもらったノートをひらいた。これはあたしのためにお母《かあ》さんがつくってくれたもので、どのお酒《さけ》がお店《みせ》のどこにあるか書《か》いてある。めずらしいお酒《さけ》や特別《とくべつ》なものは、奥《おく》の倉庫《そうこ》にしまっていることもある。

ぱらぱらめくると、あった。マタタビ酒《しゅ》はやっぱり倉庫《そうこ》に入《はい》ってる。あたしはノートをとじると落《お》ちついた声《こえ》で

「なん本《ぼん》、ご入用《いりよう》ですか」と聞《き》いた。

「四本《ほん》、お願《ねが》いできるかな」

「おまちください」

あたしはそう答《こた》えて倉庫《そうこ》にいった。

もどってくると、ネコがもう一匹《ぴき》ふえてた。トラじまよりもでっぷりした灰《はい》色《いろ》のペルシャだ。しっぽはトラじまと同《おな》じで五本《ほん》。

そいつがトラじまと白《しろ》ネコと、楽《たの》しそうに話《はな》していた。

なんでよ！　このまま逃《に》げちゃおうか。

なんて思《おも》ったけど、それはだめ。お店番《みせばん》はしっかりやらなきゃ。あたしってまじめだから、こんなときいつも損《そん》をしてるような気《き》がする。

せめてケンタくんがいてくれたらなあ。

三匹《びき》のネコたちは店《みせ》の中《なか》をぐるぐるまわって、ようやくおつまみも決《き》まったようだ。そしてそろってレジにきた。一匹《ぴき》でいいのに、こわいよお。

「こんなものだろう」

「そうねえ。ほかの人《ひと》たちは自分《じぶん》で用意《ようい》するんじゃない？」

「そうじゃそうじゃ。わしらはマタタビと魚《さかな》の干物《ひもの》で十分《じゅうぶん》じゃ。ひゃっひゃっひゃっ」

灰色《はいいろ》ネコはちょっとダミ声《ごえ》。一匹《ぴき》一匹《ぴき》は人《ひと》の声《こえ》でしゃべってるのに、まとめてきくと、ネコがニャーニャーいってるようにしか聞《き》こえない。

「はい、じゃあこれでお願《ねが》いね」

白《しろ》ネコがどこからかサイフを取《と》りだして二万円《まんえん》はらった。あたしはこわごわ受《う》けとって、おつりをわたした。ネコは肉球《にくきゅう》の手《て》でうまくお金《かね》をにぎった。

そして三匹《びき》は仲《なか》よくでていった。自動《じどう》ドアがしまるのをまって、あたしは大《おお》きくため息《いき》をついた。

ああ、とって食《く》われなくてよかった。

＊　＊　＊

ドリルなんて手《て》につかないからやめた。

あたしは、オカルト好《ず》きのケンタくんに、電話《でんわ》をかけてよびつけた。ひとりはやっぱりこわいからね。

《ほんと？　化《ば》けネコ？　えー、もう帰《かえ》ったの？　かなこちゃん、早《はや》く電話《でんわ》くれなくちゃ》

「もう、勝手《かって》いって。こわかったんだから。早《はや》くきてよ」

《すぐいく》
ケンタくん君《くん》の家《いえ》は自転車《じてんしゃ》で十分《ぷん》くらいのところだ。きっととんでくるだろう。

なにかジュースでもだしてあげるかなと考《かんが》えてたら、ケンタくんがやってきた。早《はや》い。まだ五分《ふん》もたってない。

化《ば》けネコのすがたをくわしく教《おし》えてあげると、ケンタくんはよろこんでそれをメモした。

「ふむふむ。その白《しろ》ネコ、きっと学校裏《がっこううら》のミイだよ」

「ミイって、ずいぶん前《まえ》に死《し》んじゃった？　おばばのところの？」

「そうそう。ミイも赤《あか》い首輪《くびわ》だったよね」

おばばはすぐにおこるからいやだったけど、ミイはすごくかわいくてあたしたちはよく遊《あそ》びにいったものだ。おとし死《し》んでしまったミイは、たしかにあんなぬいぐるみみたいなネコだったなあ、と思《おも》いだした。

そのとき、

〔イラッシャイマセ〕

また自動《じどう》ドアがあいた。お客《きゃく》さんだ。

今度《こんど》はふつうのおじさんのようだ。でも和服《わふく》を着《き》てる。しかもちょんまげ。

お侍《さむらい》？　まさか。

そんな着物《きもの》をきるような男《おとこ》の人《ひと》って、このあたりじゃみかけない。もしかしてまたへんなお客《きゃく》？

レジにおいてあるおつまみのかげから、かくれるようにみていると、その人《ひと》がこっちをむいた。

男《おとこ》の人《ひと》には顔《かお》がなかった。

のっぺらぼう。

顔《かお》がたまごみたいに真《ま》っ白《しろ》だ。目《め》も鼻《はな》もなにもなかった。

のっぺらぼうはあたしがみているのに気《き》がついたのか、すっと立《た》ちあがって、

こちらにやってきた。やばい。あたしがかくれてみてたの、ばれてる⁉

『おじょうさん』

レジの前《まえ》に立《た》ったのっぺらぼうから声《こえ》が聞《き》こえた。ひゅーひゅーと、まるですきま風《かぜ》のようだった。口《くち》もないのに、どこから声《こえ》がでてるんだろう。

『おじょうさん？』

「あ、はい！」

『たしか、この店《みせ》はご主人《しゅじん》と奥《おく》さんがおられたと思《おも》うのだが』

「お、お父《とう》さんは配達《はいたつ》へいってて、お母《かあ》さんは病院《びょういん》です。あの、もうすぐ赤《あか》ちゃんが生《う》まれるんです」

『それはそれは。ほっほっほ』

のっぺらぼうは大《おお》きくうなずいた。それにしても、ほっほっほとわらうたびに、つるつるの顔《かお》がのびたり、ちぢんだりする。まるでパン生地《きじ》をこねてるみたい。

『そうですかそうですか。じゃあ、あなたはあのときの娘《むすめ》さんですね』

「あたしのこと、知《し》ってるんですか？」

『もちろん。いやはや大《おお》きくなりました。わたしも年《とし》を取《と》るものです。ほっほっほ』

おばけも年《とし》を取《と》るのか。そりゃそうだ。ネコだってしっぽがふえる。

『おとなりは？』

「ぼくはかなこちゃんのクラスメイトです」

『ボーイフレンドですね。ほっほっほ。いやはや、ゆかいゆかい。おじょうちゃん、ご両親《りょうしん》が帰《かえ》ってこられたら、のっぺらぼうがよろしく申《もう》しておったとお伝《つた》えください』

のっぺらぼうは日本酒《にほんしゅ》をひとビン買《か》うと、頭《あたま》をさげてでていった。うしろ姿《すがた》だけみると、お侍《さむらい》みたいなんだけどな。

「のっぺらぼう、ゴムボールみたいだったね。口《くち》もないのに、どうやってお酒《さけ》を飲《の》むんだろう……。って、それより！　かなこちゃん、おばけと知《し》りあいなの？」

「知《し》らないよ！　でも……」

お父《とう》さんとお母《かあ》さん、おばけのことを知《し》ってるんじゃない？　帰《かえ》ったら聞《き》いてみなくっちゃ！

ケンタくんは、いいなあいいなあといってる。あたしなんて、気絶《きぜつ》しそうなのに。

なんで今日《きょう》は大当《おおあ》たりの日《ひ》なんだ。よろこんでるのはケンタくんだけ。あたしはもっとふつうのお客《きゃく》がいい。

あ、でもそれじゃケンタくんのいない、ふつうのお店番《みせばん》になっちゃう。こまったなあ。おばけがきてくれて、よかったのか悪《わる》かったのか。

でも、ケンタくんが楽《たの》しんでくれてるから、まあいいか。あたしはちょっとうれしくなって、自分《じぶん》も楽《たの》しくしようと思《おも》った。

もうなにがきてもおどろかないぞ。

なんて決《き》めたって、天井《てんじょう》に頭《あたま》が届《とど》きそうなほどでっかい赤《あか》オニをみれば、やっぱりおどろいてしまう。

金棒《かなぼう》はもってないし、トラじまのパンツでもない。ちょっとみた感《かん》じはプロレスラーの人《ひと》かなと思《おも》っちゃう。

でも、もじゃもじゃ頭《あたま》に角《つの》がはえていて、顔《かお》は真《ま》っ赤《か》で、Tシャツからでた腕《うで》は、学校《がっこう》のいちばん大《おお》きな木《き》みたいに太《ふと》い。

それがズシンズシンと店《みせ》の中《なか》を歩《ある》いてるんだもの。おどろかないほうがうそでしょう?

なんでたてつづけに、すごいことがおこるんだろう。どうせならお父《とう》さんが店番《みせばん》のときにきてほしいと思《おも》う。

それなのに、ケンタくんは目《め》がキラキラしてる。

「あのオニ、すごいねえ。大《おお》きな口《くち》だ。ぼくたちなんか、ひと口《くち》でペロリだね」

「こわいこと、いわないで！」

オニのごきげんをそこねたら、まずいんだろうなあ。ほんとにひと口《くち》でペロリなんだろうなあ。

そんな心配《しんぱい》をしてるあたしの横《よこ》で、ケンタくんが小声《こごえ》でいった。

「どうしてぼくはカメラをもってこなかったんだ」

「だめだよ！」

「こんなチャンス、めったにないよ？」

「それはそうだけど、そんなことしたらほんとに食《た》べられちゃうかもしれないじゃない」

オニはさんざんなやんで、アルコールのいちばん強《つよ》い焼酎《しょうちゅう》を八本選《ぼんえら》び、両手《りょうて》の指《ゆび》のあいだに一本《ぽん》ずつはさんでもってきた。大《おお》きな一升《しょう》ビンなのに小《ちい》さくみえちゃう。

「ちびさんふたりでお店番《みせばん》かね。がっはっはっはっは」

と大笑《おおわら》いした。

すっごい大《おお》きな口《くち》！　ケンタくん、背伸《せの》びして中《なか》をのぞこうとしてる。もう！

でも、ケンタくんがいればもしかしたらこわくないかもと、あたしはオニにこう答《こた》えた。

「ちびじゃありません。オニさんが大《おお》きいんです」

「がっはっは。一本取《ぽんと》られた、そのとおりだ。ところで、いつものところに配《はい》達《たっ》をお願《ねが》いしたいのだ」

「いつものところ？」

「そうだ、聞《き》いてないか。五丁目《ちょうめ》に大《おお》きな川原《かわら》があるだろう」

「石《いし》ばっかりの」

「そうそう、そこだ」

たしかに五丁目《ちょうめ》には川《かわ》がある。ちょっとしたキャンプができるほどの大《おお》きな川原《かわら》もある。そこは石《いし》ばかりがごろごろしていて、なぜか雑草《ざっそう》が一本《ぽん》も生《は》えない。小《ちい》さいころはよく遊《あそ》んでいたところだけど……。

「あそこで宴会《えんかい》なんだ。ビールを八ケースと、日本酒《にほんしゅ》を一ダース。それからてきとうなおつまみを一万円分《まんえんぶん》。これを夜《よる》の九時《じ》までに」

あたしはお金《かね》をあずかって、おつりがあったらそのときに渡《わた》しますと返事《へんじ》した。

オニはきたときと同《おな》じように、ズシンズシンと帰《かえ》っていった。

こわかったなあ。あたしは小《ちい》さくふるえてみせた。でもケンタくんはそれに気《き》づかない。

ドンカンだなあ、もう。

＊　＊　＊

お店《みせ》の壁時計《かべどけい》がオルゴールを鳴《な》らして、五時《じ》になった。

「あ、もう帰《かえ》らなくちゃ」

とつぜんケンタくんがいった。

「えー」

「五時半《じはん》からおばけ特集《とくしゅう》のテレビがあるんだ」

「録画《ろくが》の予約《よやく》してないの？　このあとだって、おばけ、くるかもしれないよ？」

「そうだよなあ」

ケンタくんが迷《まよ》ってる。ここはぜひ引《ひ》きとめないと。あたしひとりじゃ、こわいじゃない。それに、せっかくきてくれたんだから。

ケンタくんは一度《ど》家《いえ》に帰《かえ》ってビデオをセットしたら、またもどってくるといって、とびだしていった。

あたしはまた算数《さんすう》ドリルを取《と》りだした。

お店《みせ》はとてもしずかだ。

カッチカッチカッチカッチ
お店番《みせばん》をはじめたときより、時計《とけい》の音《おと》が大《おお》きく聞《き》こえる気《き》がする。

ドリルが手《て》につかない。

もっとすごいおばけがきたらどうしよう。ううん、あんまりすごくなくても、小《ちい》さいのがたくさんきたらこわいだろうな。ひとつ目小僧《めこぞう》も十人《にん》いれば、大《おお》きな目玉《めだま》が十個《こ》になる。百人《にん》いたら百個《こ》になる。これはきっとこわい。

それともキツネかな、タヌキかな。それとも青《あお》オニ？　牛《うし》オニ？　二口女《ふたくちおんな》？　おぼえてるだけのおばけを思《おも》いだしちゃって、どんどんこわくなってきた。

〔イラッシャイマセ〕

そのとき、また自動《じどう》ドアがひらいた。ケンタくんが帰《かえ》ってくるには、まだ早《はや》すぎる。

あたしは身《み》をすくめた。

「ただいま」

入《はい》ってきたのはお母《かあ》さんだった。

体中《からだじゅう》の力《ちから》がぬけていく。よかったよぉ。

どこからはなしていいかわからなくて、お母《かあ》さんのそでをつかまえて「おばけおばけ」とだけいった。

「なあに、かなこ？　なんだかわからないわ。落《お》ちつきなさい」

お母《かあ》さんはハンドバッグをおさめて、そしてレジに置《お》いたままのあたしのメモをみた。さっきのオニの注文《ちゅうもん》だ。

「ああ、おばけたち、きたのね」

お母《かあ》さんはこともなげにいった。

あたしはあんなにびっくりしたのに。口《くち》をぱくぱくさせているあたしをみて、お母《かあ》さんはエプロンをしながら、楽《たの》しげにわらった。

「毎年《まいとし》のことなのよ」

「ええっ、毎年《まいとし》なの？」

「そう。もう何年《なんねん》も。お父《とう》さんが子《こ》どものころかららしいわ。わたしもねえ、最初《さいしょ》はおどろいたのよ」

それにしても、どうしてうちにおばけがくるようになったんだろう。そしたらお母《かあ》さんが教《おし》えてくれた。

「昔《むかし》、まだ車《くるま》も電気《でんき》もなかったころに、うちのご先祖《せんぞ》さまが、おばけ百匹《ぴき》と酒《さけ》の飲《の》みくらべをしたのよ」

「百匹《ぴき》と!?　どっちが勝《か》ったの？」

「ご先祖《せんぞ》さまよ」

すごい。

「最後《さいご》に残《のこ》った大酒《おおざけ》飲《の》みのオニにも勝《か》ったそうよ。それで、一年《ねん》に一回《かい》、かつて飲《の》みくらべした川原《かわら》で宴会《えんかい》するのが、昔《むかし》からのならわしなのよ」

お母《かあ》さんから話《はなし》を聞《き》いて、あたしは急《きゅう》につかれてしまった。

「話《はな》しておいてくれたらよかったのに！」

「今日《きょう》とは思《おも》わなかったのよー」

「お父《とう》さんは、大《おお》きな配達《はいたつ》があるっていってたよ。そういえばだれがきても、あわてずにな、っていってた」

「あら、じゃあ、お父《とう》さんは知《し》ってたのね」

お母《かあ》さんがわらう。ちょっと白《しろ》ネコみたいな、かわいい声《こえ》。

「もー」

わたしはすっかり気《き》がぬけて、ばったりカウンターにつっぷしちゃった。

＊　＊　＊

それにしても、そうかあ、毎年《まいとし》おばけは家《いえ》にきてたのか。じゃあ、とって食《く》われることなんてないんだな。だってお父《とう》さんとお母《かあ》さんは今《いま》でも元気《げんき》だものね。

〔イラッシャイマセ〕

と、そのときちょうどケンタくんがもどってきた。

「どう？　あたらしいおばけきた？」

「ううん」

「なんだあ。いそいできたのに」

「それより、もっといいことがあるよ！」

あたしはふいに考《かんが》えついた。

「今夜《こんや》さ、お父《とう》さんの配達《はいたつ》についていかない？」

「え、おばけの宴会《えんかい》の？　ほんと？　いいの？」

「たぶん、だいじょーぶ！」

ケンタくんは自分《じぶん》の家《いえ》に電話《でんわ》をすると、カメラの調子《ちょうし》をみはじめた。

にこにこしてるのをみて、それであたしもうれしくなった。おばけがいっぱいはちょっとこわいけど、いっしょならきっとこわくない。

って考《かんが》えて、思《おも》わずにんまりわらってしまった。

「へへへ」

「なに、かなこちゃん？」

「なんでもなーいよ」

そこであたしはにんまりしたまま、算数《さんすう》ドリルをひらいたのだった。

ぞくぞくびっくり箱

足洗《あしあら》い屋敷《やしき》

那須正幹・作　北田哲也・絵

1

東京《とうきょう》が、まだ江戸《えど》とよばれていたころのお話《はなし》です。

深川海辺大工町《ふかがわうみべだいくちょう》の長屋《ながや》に、ウメという娘《むすめ》がおじさん家族《かぞく》といっしょに暮《く》らしていました。ウメの両親《りょうしん》は五年前《ねんまえ》の大火《たいか》で焼《や》け死《し》に、ただひとり生《い》きのこったウメは、父親《ちちおや》の弟《おとうと》の家《いえ》に引《ひ》きとられたのです。

おじさん夫婦《ふうふ》には章太《しょうた》と定吉《さだきち》という小《ちい》さな男《おとこ》の子《こ》がふたりいて、ウメは引《ひ》きとられてからというもの、ふたりの子守《こもり》をさせられる毎日《まいにち》でした。

梅雨《つゆ》もおわろうかというころ、おじさん夫婦《ふうふ》がウメにこんなことをいいました。

「おまえも十一になったんだから、そろそろ奉公《ほうこう》*1にあがったらどうだ」

おじさんは船大工《ふなだいく》の下働《したばたら》きで、くらしも決《けっ》して楽《らく》ではないことくらい、よくわかっていましたから、ウメもすなおにうなずきました。

「そうかい。じつはね、本所《ほんじょ》のお武家屋敷《ぶけやしき》*2で女中《じょちゅう》さんをほしがっているんだって」

そばから叔母《おば》さんもすすめます。

「お武家屋敷《ぶけやしき》ですか」

ウメはびっくりしました。女中奉公《じょちゅうぼうこう》だろうとは思《おも》っていましたが、まさかお侍《さむらい》の屋敷《やしき》とは思《おも》ってもみませんでした。

「だいじょうぶ。お武家屋敷《ぶけやしき》といっても、下屋敷《しもやしき》だからね。お侍《さむらい》もるすばんの年《とし》よりがひとりいるだけで、あとは女中《じょちゅう》＊3と下男《げなん》だっていうから、商家《しょうか》に奉公《ほうこう》するより、よっぽど気楽《きらく》だよ」
＊4大名《だいみょう》や身分《みぶん》の高《たか》い旗本《はたもと》は、お屋敷《やしき》を二つ、中《なか》には三つももっていました。ふだんは＊5上屋敷《かみやしき》とよばれる本宅《ほんたく》に住《す》んでいて、下屋敷《しもやしき》に滞在《たいざい》するのは、火事《かじ》で焼《や》けだされたときか、花見《はなみ》やホタル見物《けんぶつ》などの行楽《こうらく》に利用《りよう》するくらいのものでした。
「先方《せんぽう》には話《はなし》がついているんだ。今夜《こんや》のうちに荷物《にもつ》をまとめな」

おじさんのひと言《こと》で、ウメも決心《けっしん》しました。

＊1他人《たにん》の家《いえ》にやとわれて、家事《かじ》などをすること。　＊2住《す》みこみで働《はたら》く女《おんな》の人《ひと》。　＊3雑用《ざつよう》をする男《おとこ》の人《ひと》。　＊4将軍《しょうぐん》にお目見《めみ》えできる家来《けらい》のうち、一万石《まんごく》以上《いじょう》が大名《だいみょう》、それ以下《いか》は旗本《はたもと》。　＊5武士《ぶし》の屋敷《やしき》のうち、ふだん住《す》む屋敷《やしき》を上屋敷《かみやしき》、別宅《べったく》を下屋敷《しもやしき》という。

よく朝《あさ》、口入《くちい》れ屋《や》にともなわれたウメは、風呂敷包《ふろしきづつ》みひとつかかえておじさんの家《いえ》をでました。別《わか》れをおしんでくれたのは、ふたりの小《ちい》さな男《おとこ》の子《こ》たちだけでした。

口入《くちい》れ屋《や》というのは、働《はたら》くところを紹介《しょうかい》するのが商売《しょうばい》です。おじさん夫婦《ふうふ》は、前《まえ》まえから口入《くちい》れ屋《や》にウメのことをたのんでいたのでしょう。

「おウメちゃんは、十一だそうだが、先方《せんぽう》には十三ということにしているから、そのつもりでな。なに、おまえは体《からだ》が大《おお》きいから十三でとおるさ」

道《みち》みち、口入《くちい》れ屋《や》がそんなことを注意《ちゅうい》しました。

竪川《たてがわ》の二《ふた》つ目橋《めばし》を渡《わた》れば本所《ほんじょ》です。川岸《かわぎし》の町屋《まちや》をぬけて、口入《くちい》れ屋《や》が立《た》ちどまったのは、大《おお》きな門《もん》のある武家屋敷《ぶけやしき》でした。

「ここが今日《きょう》からおまえさんが奉公《ほうこう》する鈴木様《すずきさま》というお旗本《はたもと》の屋敷《やしき》だよ」

口入《くちい》れ屋《や》は、門《もん》のそばをとおりすぎ、屋敷《やしき》の裏手《うらて》にある小《ちい》さなくぐり戸《ど》から中《なか》に入《はい》りました。そして、これまた勝手口《かってぐち》らしい引《ひ》き戸《ど》をあけて声《こえ》をかけると、

すぐに女中《じょちゅう》さんらしい小太《こぶと》りのおばさんがでてきました。

「相模屋《さがみや》でございます。奉公人《ほうこうにん》をつれてまいりました」

おばさんは、ちらりとウメをみてから、ちょっとおまちをと答《こた》えて奥《おく》に入《はい》りましたが、やがて、干《ほ》し柿《がき》みたいな顔《かお》をした年寄《としよ》りのお武家《ぶけ》さまといっしょにもどってきました。

「相模屋《さがみや》どの、世話《せわ》になったの。奉公《ほうこう》したいのはこの娘《むすめ》だな」

お武家《ぶけ》さまは、しょぼしょぼした目《め》で、ウメの足《あし》の先《さき》から頭《あたま》のてっぺんまでつくづくとながめてから、名前《なまえ》はなんというかとたずねました。

「ウメと申《もう》します。よろしくお願《ねが》いします」

ウメがていねいにおじぎをすると、すかさず口入《くちい》れ屋《や》が、書《か》き付《つ》けのようなものをお武家《ぶけ》さまに差《さ》しだしました。ウメのことがかかれた書類《しょるい》のようです。

お武家《ぶけ》さまは、懐《ふところ》から取《と》りだしためがねをかけて、それを読《よ》みはじめましたが、すぐに顔《かお》をあげました。

「よろしい。ウメは当家《とうけ》でおあずかりすると伝《つた》えなさい。仕事《しごと》のことは、お里《さと》に聞《き》きなさい」

そういうと、さっさと奥《おく》に引《ひ》っこんでしまいました。

2

その日《ひ》から、ウメはお屋敷《やしき》で働《はたら》くことになりました。干《ほ》し柿《がき》みたいな顔《かお》のお武家《ぶけ》さまは、野上太平《のがみたへい》といって、お屋敷《やしき》の留守居役《るすいやく》をしているのだそうです。野上《のがみ》さまのほかには、女中《じょちゅう》さんがふたり、ひとりはお里《さと》さんで、もうひとりはお民《たみ》さんという、まだ若《わか》い娘《むすめ》です。これに清兵衛《せいべえ》さんという下働《したばたら》きの老人《ろうじん》が夫婦《ふうふ》で住《す》みこんでいました。

お屋敷《やしき》の建物《たてもの》は、殿様《とのさま》のお使《つか》いになる母屋《おもや》と、お勝手《かって》とよばれる台所《だいどころ》にわかれていて、奉公人《ほうこうにん》たちはお勝手《かって》の横手《よこて》にある板張《いたば》りの部屋《へや》で寝起《ねお》きします。お留守居役《るすいやく》の野上《のがみ》さまだけは、母屋《おもや》にある小部屋《こべや》にひとりで住《す》んでいました。野《の》

＊藩主《はんしゅ》がでかける時《とき》に城《しろ》を守《まも》る家来《けらい》。

上《がみ》さまは独《ひと》り者《もの》だそうです。

十日《か》もしないうちに、ウメはお屋敷《やしき》のくらしになじんでしまいました。お里《さと》さんもお民《たみ》さんも、下働《したばたら》きの清兵衛《せいべえ》さん夫婦《ふうふ》も、ごくごく気《き》のよい人《ひと》ばかりです。お留守居役《るすいやく》の野上《のがみ》さまも気《き》さくな人《ひと》で、食事《しょくじ》も奉公人《ほうこうにん》と同《おな》じものをいっしょに食《た》べます。

ウメたちの仕事《しごと》はおもにお屋敷《やしき》のそうじで、これはいつ、お殿様《とのさま》がおこしになってもよいように、毎日丹念《まいにちたんねん》にやります。あとは、天気《てんき》のよい日《ひ》に母屋《おもや》の寝具《しんぐ》や調度品《ちょうどひん》*1の虫干《むしぼ》しをするくらいですから、楽《らく》なものです。

おじさん夫婦《ふうふ》の家《いえ》では、朝《あさ》から晩《ばん》まで休《やす》む間《ま》もなく働《はたら》いていましたから、こんなのんびりした奉公《ほうこう》に、ウメはひょうしぬけしてしまいました。

お里《さと》さんは、歳《とし》は三十五で、十六のとき一度嫁《どよめ》いりしましたが、子《こ》どもができないため親元《おやもと》にもどされ、以来《いらい》ずっとこのお屋敷《やしき》に住《す》みこみ奉公《ぼうこう》しているのだそうです。お民《たみ》さんは十七歳《さい》、お屋敷《やしき》にあがって三年目《ねんめ》ですが、まだ一度《ど》もお殿様《とのさま》のお顔《かお》をみたことがないといいました。

「そりゃあそうよ。五年前《ねんまえ》の大火《たいか》のとき、半年《はんとし》ほどご滞在《たいざい》になられただけだもの」

「それじゃあ、このお屋敷《やしき》は、いつもこんな風《ふう》なんですか」

「お殿様《とのさま》も、この屋敷《やしき》には、あまりお渡《わた》りになりたくないんじゃないの」

お里《さと》さんがにやりとわらうと、お民《たみ》さんのほうは、なんとなく落《お》ちつかない様子《ようす》で、うしろをふりかえりました。

梅雨《つゆ》が明《あ》けて、暑《あつ》い日《ひ》がつづいていました。

本所《ほんじょ》は蚊《か》の多《おお》いところで、日《ひ》のあるうちから*2蚊遣火《かやりび》を盛大《せいだい》にたき、寝《ね》るときは必《かなら》ず*3蚊帳《かや》をつります。

その夜《よる》も、ウメは蚊帳《かや》の中《なか》で女中《じょちゅう》さん仲間《なかま》と寝《ね》ていました。不意《ふい》に体《からだ》をゆすられたかと思《おも》うと、耳元《みみもと》で押《お》し殺《ころ》した声《こえ》がしました。

「おウメちゃん、おきなさい」

ねぼけまなこでみまわすと、緊張《きんちょう》した顔《かお》のお民《たみ》さんが、ウメの体《からだ》をゆすって

*1晴《は》れた日《ひ》に服《ふく》などを干《ほ》してカビなどを防《ふせ》ぐこと。　*2蚊《か》をおいはらう煙《けむり》をだすための火《ひ》。　*3蚊《か》などの害虫《がいちゅう》から人《ひと》を守《まも》るための網《あみ》。

いました。お民《たみ》さんは寝間着《ねまき》の上《うえ》からたすきをかけています。

「だいじなお仕事《しごと》よ。ついておいで」

お民《たみ》さんは、そういいすてると、さっさと蚊帳《かや》の外《そと》にでます。あわてウメもあとをおいました。お民《たみ》さんの差《さ》しだす手燭《てしょく》の明《あ》かりをたよりに、渡《わた》りろうかをとおり母屋《おもや》へとむかいます。やがてたどりついたのは、お殿様《とのさま》のお座敷《ざしき》でした。すでに明《あ》かりがともされています。

お民《たみ》さんが障子《しょうじ》をあけます。そこが殿様《とのさま》の書斎《しょさい》で、八畳《じょう》ほどの部屋《へや》のすみに*文机《ふづくえ》が置《お》かれているだけだということは、ウメも承知《しょうち》していました。が、今夜《こんや》の部屋《へや》はがらりと様子《ようす》がちがっていました。まず目《め》についたのは、部屋《へや》の中央《ちゅうおう》につっ立《た》っている松《まつ》の大木《たいぼく》のようなものです。いったいなぜこんなものが部屋《へや》の真《ま》ん中《なか》にそびえているのか。

大木《たいぼく》の根元《ねもと》の横《よこ》に、水《みず》をいれたおけがいくつも置《お》かれ、お里《さと》さんがかがみこんでいます。

そのとき、天井《てんじょう》のあたりから野太《のぶと》い声《こえ》がしました。まるで洞《どう》くつをふきぬける風《かぜ》のような声《こえ》でした。

「足《あし》を洗《あら》えー。足《あし》を洗《あら》えー」

ぎょっとして、天井《てんじょう》をみあげると、なんと松《まつ》の大木《たいぼく》は天井《てんじょう》をつきやぶってその上《うえ》までのびているのです。いえ、松《まつ》の木《き》ではありません。それは、とてつもなく大《おお》きな人間《にんげん》の足《あし》なのです。根《ね》っこにみえたのは足首《あしくび》です。

あまりのことに、ウメは悲鳴《ひめい》をあげることも、逃《に》げだすこともできず、ただただ部屋《へや》の入《い》り口《ぐち》に立《た》ちつくしていました。

「なに、ぼんやりしているの。早《はや》くここにきて、手伝《てつだ》っておくれ」

お里《さと》さんがいつになくきびしい口調《くちょう》でいいました。お民《たみ》さんのほうは、もう足首《あしくび》のあたりにすわりこんで、水《みず》にぬらしたぞうきんを使《つか》って、足《あし》の先《さき》をぬぐいはじめています。

「ほら、早《はや》くしないと、お足《あし》さまが機嫌《きげん》をそこねてしまうよ」

＊読書《どくしょ》や書《か》き物《もの》をするための机《つくえ》。

お里《さと》さんの声《こえ》で、ウメもこわごわ足《あし》のそばににじりよりました。そばでみれば、まさしく人間《にんげん》の足《あし》です。毛《け》むくじゃらのすねの先《さき》に、人間《にんげん》の体《からだ》ほどもある足首《あしくび》がたたみから数《すう》十センチのところに横《よこ》たわっています。大人《おとな》の腕《うで》ほどもある五本《ほん》の指《ゆび》、その先《さき》にはするどくとがった爪《つめ》がはえています。いったいこの足《あし》の主《ぬし》はどれくらいの大《おお》きさなのか。

お里《さと》さんとお民《たみ》さんは、手桶《ておけ》の水《みず》をふくませたぞうきんを使《つか》って、ていねいに足《あし》の汚《よご》れをぬぐっては、ふたたび手桶《ておけ》にひたします。手桶《ておけ》の水《みず》がみるみる真《ま》っ黒《くろ》にかわっていきます。そのとき障子《しょうじ》があいて、下男《げなん》の清兵衛《せいべえ》さんが、水《みず》の入《はい》った手桶《ておけ》をかかえて入《はい》ってきました。清兵衛《せいべえ》さんはふたりのそばに手桶《ておけ》を置《お》くと、汚《よご》れた手桶《ておけ》をかかえて、無言《むごん》で部屋《へや》をでていきます。

3

そのころになると、ウメも、いくぶん落《お》ちついてきました。ふるえる手《て》で、

ぬれぞうきんをもち、巨大《きょだい》な足《あし》のふくらはぎのあたりをそっとなでてみました。まるで岩《いわ》をさわっているような感《かん》じです。ただ、みょうに生《なま》あたたかいし、なんともいえない、いやなにおいがします。まるでヘドロのようなにおいです。ひとなでしただけで、ぞうきんがどす黒《ぐろ》い色《いろ》にかわりました。なんとも汚《きたな》らしい足《あし》です。ウメは、こわさもわすれて、ふくらはぎをごしごし洗《あら》いはじめました。

そういえば、おじさんの家《いえ》にいたときも、ふたりの男《おとこ》の子《こ》がどろんこ遊《あそ》びをするたびに、ウメが体《からだ》を洗《あら》ってやりました。そのときのことを思《おも》いだすと、思《おも》わずこわさもわすれて、目《め》の前《まえ》の汚《よご》れた足《あし》を少《すこ》しでもきれいにしてやろうという気《き》になってきました。

いったいどれくらいの時間《じかん》がたったでしょう。さしもの巨大《きょだい》な足《あし》も、きれいに汚《よご》れが落《お》ちて、渋茶色《しぶちゃいろ》の地肌《じはだ》がみえてきました。

障子《しょうじ》の外《そと》がかすかに白《しら》みはじめたとき、ふいに巨大《きょだい》な足《あし》が、するすると動《うご》きだし、天井《てんじょう》の上《うえ》に消《き》えてしまいました。みあげると、天井板《てんじょういた》は、なんの異常《いじょう》もなく、ひび割《わ》れひとつありません。

「ああ、やっとお帰《かえ》りになったねえ」

お里《さと》さんが、大《おお》きなため息《いき》まじりにつぶやきました。それから、ふとウメをふりかえりました。

「あんた、結構度胸《けっこうどきょう》があるじゃないか。お民《たみ》ちゃんなんて、最初《さいしょ》のときは、なにもできなかったんだよ」

「だって、なにも教《おし》えてくれなかったんだもの。まさか、ここが足洗《あしあら》い屋敷《やしき》だなんて」

「当《あ》たり前《まえ》さ。そんなことはなしたら、だれも奉公《ほうこう》にあがらなくなるよ」

「お里《さと》さん、ここがあの足洗《あしあら》い屋敷《やしき》なんですか」

「そうだよ。でも、このことはだれにもいっちゃだめだよ。もし、だれかにもらしたら、打《う》ち首《くび》にされるからね」

お里《さと》さんがこわい顔《かお》でいいました。

足洗《あしあら》い屋敷《やしき》のうわさは、ウメもよく知《し》っています。ただ、ここがそれだったとは……。

本所《ほんじょ》七不思議《ふしぎ》というのがあって、ウメも聞《き》いたことがありました。砂村《すなむら》のあたりで、釣《つ》りをしていると、どこからか、「おいてけ。おいてけ」と声《こえ》がする。なおも釣《つ》りをつづけ、いざ帰《かえ》ろうとすると、*びくの中《なか》の魚《さかな》がみんないなくなっているという「おいてけ堀《ぼり》」。真夜中《まよなか》にどこからともなく聞《き》こえる「たぬきばやし」。いくら近《ちか》づこうとしても近《ちか》づけない「送《おく》りちょうちん」。左右《さゆう》に葉《は》をつけるはずのアシの葉《は》が、片方《かたほう》しか葉《は》をつけない「大川《おおかわ》の片葉《かたは》のアシ」。一年《ねん》じゅう葉《は》を落《お》とさない「松浦屋敷《まつうらやしき》のシイの木《き》」。

武家屋敷《ぶけやしき》では火事《かじ》のとき、やぐらの上《うえ》の板木《ばんぎ》をたたくのが一般的《いっぱんてき》ですが、板木《ばんぎ》のかわりに太鼓《たいこ》をたたくことから、「津軽《つがる》さまの太鼓《たいこ》」も七不思議《ふしぎ》のひとつに数《かぞ》えられています。

そして、もうひとつ。武家屋敷《ぶけやしき》の天井《てんじょう》から泥《どろ》だらけの巨大《きょだい》な足《あし》がおりてきて、

「足《あし》を洗《あら》え、足《あし》を洗《あら》え」と命令《めいれい》するのです。洗《あら》ってやればおとなしく引《ひ》っこむけれど、洗《あら》わないと大《おお》あばれして屋敷《やしき》をこわされてしまうというのです。あらわれるのは足《あし》だけで、胴体《どうたい》や頭《あたま》は、だれもみたことがありません。さらにいえば、「足洗《あしあら》い屋敷《やしき》」というのが、どなたの屋敷《やしき》なのかは、だれも知《し》りませんでした。

お里《さと》さんからきくところによれば、お足《あし》さま……このお屋敷《やしき》では、あの大《おお》きな足《あし》のことをそうよんでいるそうです。お足《あし》さま……は、月《つき》に一度《ど》のわりで母屋《おも》にあらわれるのだそうです。どの部屋《へや》にあらわれるかわかりません。あらわれるときは、必《かなら》ず「足《あし》を洗《あら》え、足《あし》を洗《あら》え」という不気味《ぶきみ》な声《こえ》がするので、留守《るす》居役《いやく》の野上《のがみ》さまが部屋《へや》をさがしあて、女中《じょちゅう》や下男《げなん》をたたきおこすのだそうです。

「なれてしまえばどうってことないさ。べつに悪《わる》さをするわけじゃない。きれいにしてやれば、おとなしく引《ひ》っこむんだから」

＊釣《つ》った魚《さかな》をいれておく入《い》れ物《もの》。

4

お里《さと》さんの言葉《ことば》どおり、それからというもの、「お足《あし》さま」は、月《つき》に一度《ど》の割合《わりあい》で母屋《おもや》にあらわれました。しかもあらわれるのは決《き》まって真夜中《まよなか》をすぎたころです。最初《さいしょ》のうちはおっかなびっくりで、ぞうきんをにぎる手《て》もふるえがちでしたが、二度《ど》三度《ど》洗《あら》っているうちに、こわくなくなりました。そしてお足《あし》さまが満足《まんぞく》して足《あし》を引《ひ》っこめると、ウメ自身《じしん》もなんとなくうれしくなりました。

秋《あき》が深《ふか》まるころになると、ウメは、お足《あし》さまがあらわれるのを心《こころ》まちにするようになりました。

その夜《よる》も、ウメは、汚《きたな》い泥足《どろあし》をていねいに洗《あら》いおえ、洗《あら》いのこしはないかと、つくづくと足《あし》をながめまわしました。足《あし》の甲《こう》は、まるで岩《いわ》のように固《かた》く、松《まつ》の幹《みき》のような色《いろ》をしていますが、足《あし》の裏《うら》だけはきれいなピンク色《いろ》をしていて、いかにもやわらかそうです。

目《め》の前《まえ》の足《あし》の裏《うら》をながめているうちに、ふとウメは、いたずらをしてみたくなりました。章太《しょうた》や定吉《さだきち》たちの足《あし》を洗《あら》ってやるときも、いつも最後《さいご》にそうしていました。そのたびに子《こ》どもたちは大《おお》よろこびをします。

ウメは、そっと手《て》をのばして、お足《あし》さまの土《つち》ふまずのあたりをこちょこちょっとくすぐってみました。最初《さいしょ》のうちは、なんの変化《へんか》もありませんでしたが、そのうち、親指《おやゆび》がむずむず動《うご》きだし、やがて足全体《あしぜんたい》が細《こま》かくふるえだしました。お足《あし》さまは、くすぐったいのをがまんしているのでしょう。

ウメがなおもくすぐりつづけていると、ふいに天井《てんじょう》の方《ほう》から、「うわっはっは、うわっはっは」という、とてつもないわらい声《ごえ》が聞《き》こえ、足全体《あしぜんたい》が大《おお》きく左右《さゆう》にゆすられたと思《おも》うまもなく、天井裏《てんじょううら》に消《き》えてしまいました。

急《きゅう》に消《き》えてしまったお足《あし》さまに、お里《さと》さんもお民《たみ》さんも、最初《さいしょ》はきょとんとしていましたが、やがてウメをふりかえりました。

「おウメちゃん、あんた、なにかしたんじゃないの」

「お足《あし》さまの足《あし》の裏《うら》をくすぐってみたんです。お足《あし》さまも、やっぱりくすぐったいんですねえ」

ウメがにこにこ顔《がお》で答《こた》えると、お里《さと》さんは、きゅっと眉《まゆ》をしかめました。

「なんて娘《むすめ》だろう。お足《あし》さまをくすぐるなんて」

お里《さと》さんは、すぐさまお留《る》守《す》居《い》役《やく》のところにかけだしていきました。やがて野上《のがみ》さまがむつかしい顔《かお》をしてやってきました。

「ウメ、お足《あし》さまにいたずらをしたそうだな。お足《あし》さまが機《き》嫌《げん》をそこねられたら、どうする」

「でも、お足《あし》さまはわらっておられました」

「ばかもの。くすぐられればわらうのがあたりまえだ。しかし、そのあとは腹《はら》をたてるにちがいない。どんな災《わざわ》いがおこるか、考《かんが》えただけでおそろしいことだ」

しばらくの間《あいだ》、お屋《や》敷《しき》の人《ひと》たちは始《し》終《じゅう》びくびくしていました。ウメに話《はな》しかける者《もの》もいません。

一月《つき》がたち、二月《つき》がたち、とうとう年《とし》が明《あ》けましたが、お足《あし》さまは一度《ど》もあらわれません。もしかすると、お足《あし》さまは、このままあらわれないのではないか。だれもがだんだんそう思《おも》うようになりました。

お屋敷《やしき》の人《ひと》たちの態度《たいど》がかわってきました。お足《あし》さまに悪《わる》さをした娘《むすめ》が、やっかい者《もの》を退散《たいさん》させた、かしこい娘《むすめ》ということになったのです。

三月《がつ》に入《はい》ったころ、急《きゅう》にお殿様《とのさま》がお渡《わた》りになるという知《し》らせが入《はい》りました。

あたたかな夕暮《ゆうぐ》れ、お供《とも》をしたがえたお殿様《とのさま》がかごに乗《の》ってやってこられました。お殿様《とのさま》の世話《せわ》は、お供《とも》の女性《じょせい》たちがするそうですし、食事《しょくじ》もこれまたつれてきた料理人《りょうりにん》がつくるそうで、ウメたちの出番《でばん》は全《まった》くありません。ただただ、使用人部屋《しようにんべや》でおとなしくしていました。

お殿様《とのさま》の夕食《ゆうしょく》もおわったころです。留守居役《るすいやく》の野上《のがみ》さまがウメのところにやってきました。

「お殿《との》さまのおよびだ。わしについておいで」

いったい何事《なにごと》だろう。ウメは身《み》を固《かた》くしながら野上《のがみ》さまのうしろからついていきました。とおされたのは、いつかお足《あし》さまがあらわれた書斎《しょさい》でした。ウメは始終下《しじゅうした》をむいたままでしたから、殿《との》さまの姿《すがた》はみえません。ただ、きざみタバコのよい香《かお》りがします。

その時《とき》、甲高《かんだか》い声《こえ》がウメの耳《みみ》を打《う》ちました。

「話《はなし》は野上《のがみ》から聞《き》いた。当家《とうけ》の化《ば》け物《もの》を退散《たいさん》させたそうだな」

ウメが、おそるおそる顔《かお》をあげると、りっぱな身《み》なりのお殿《との》さまが、文机《ふづくえ》のそばにおすわりになり、ゆるゆるとキセルでタバコを召《め》しておられました。

「みれば、まだ年《とし》はもいかぬのに、たいしたものだ。これからも心《こころ》して奉公《ほうこう》するのだぞ」

お殿様《とのさま》から直《じき》じきにお言葉《ことば》をかけてもらい、そのうえ、絹《きぬ》の反物《たんもの》と銀《ぎん》十両《りょう》をごほうびにいただいたのです。女中《じょちゅう》さん仲間《なかま》も，自分《じぶん》のことのようによろこんでくれました。

それから、また数《すう》か月《げつ》がたちました。

夏場《なつば》の暑《あつ》さもようやくやわらぎ、夜《よる》もぐっすりねむれるようになったころ、ふいに野上《のがみ》さまにおこされました。

「お足《あし》さまが、またあらわれたのだ。すぐにきてくれ」

あわてて母屋《おもや》にいくと、大広間《おおひろま》の天井《てんじょう》から、例《れい》の足《あし》がつきだしています。ふしぎなことに、ふくらはぎから足首《あしくび》まで、どこも汚《よご》れていません。きれいなものです。そのとき天井《てんじょう》のほうから、なんともはずかしそうな声《こえ》がしました。

「足《あし》をくすぐってくれー　足《あし》をくすぐってくれー」


それからというもの、お足《あし》さまは、以前同様《いぜんどうよう》、月《つき》に一度《ど》のわりであらわれるようになりました。そして、ウメたちは、心《こころ》をこめてお足《あし》さまの足《あし》の裏《うら》をくすぐっています。

●著者プロフィール●

山末やすえ（やますえ やすえ）
東京都生まれ。作品に『おばけの森ハイキング』『ひみつの空のにわ』『ユメのいる時間に』『ぼくとおじちゃんとハルの森』など。

新井爽月（あらい さつき）
横浜市在住。作品に『52,596,000 分の夜と朝』（鉄道小説大賞優秀賞）、『ありのまま育児法』など。

北川チハル（きたがわ ちはる）
愛知県生まれ。作品に『チコのまあにいちゃん』（児童文芸新人賞受賞）、『ふでばこから空』（ひろすけ童話賞、児童ペン賞童話賞受賞）など。

くぼ ひでき
広島市在住。『カンナ道のむこうへ』（日本児童文学者協会長編児童文学賞）、『そうめんこぞう』日本児童文学者協会、日本児童文芸家協会会員。

那須正幹（なす まさもと）
広島市生まれ。作品に「ズッコケ三人組」シリーズ、「お江戸の百太郎」シリーズ、『ヒロシマ』三部作、『時の石』など。

ぞくぞく☆びっくり箱⑤

わらうオバケ 5つのお話

2015年1月　初版第1刷発行
2020年9月　　　第3刷発行

編　者　日本児童文学者協会

発行者　水谷泰三

発　行　株式会社**文溪堂**

〒112-8635　東京都文京区大塚3-16-12
TEL (03) 5976-1515（営業） (03) 5976-1511（編集）
ホームページ　http://www.bunkei.co.jp

印刷・製本　図書印刷株式会社

カバー・本文デザイン　DOMDOM

ISBN978-4-7999-0085-7 NDC913 142P 188 × 128mm

5 ghost stories ◆ 5 ghost stories

5 ghost stories ◆ 5 ghost stories

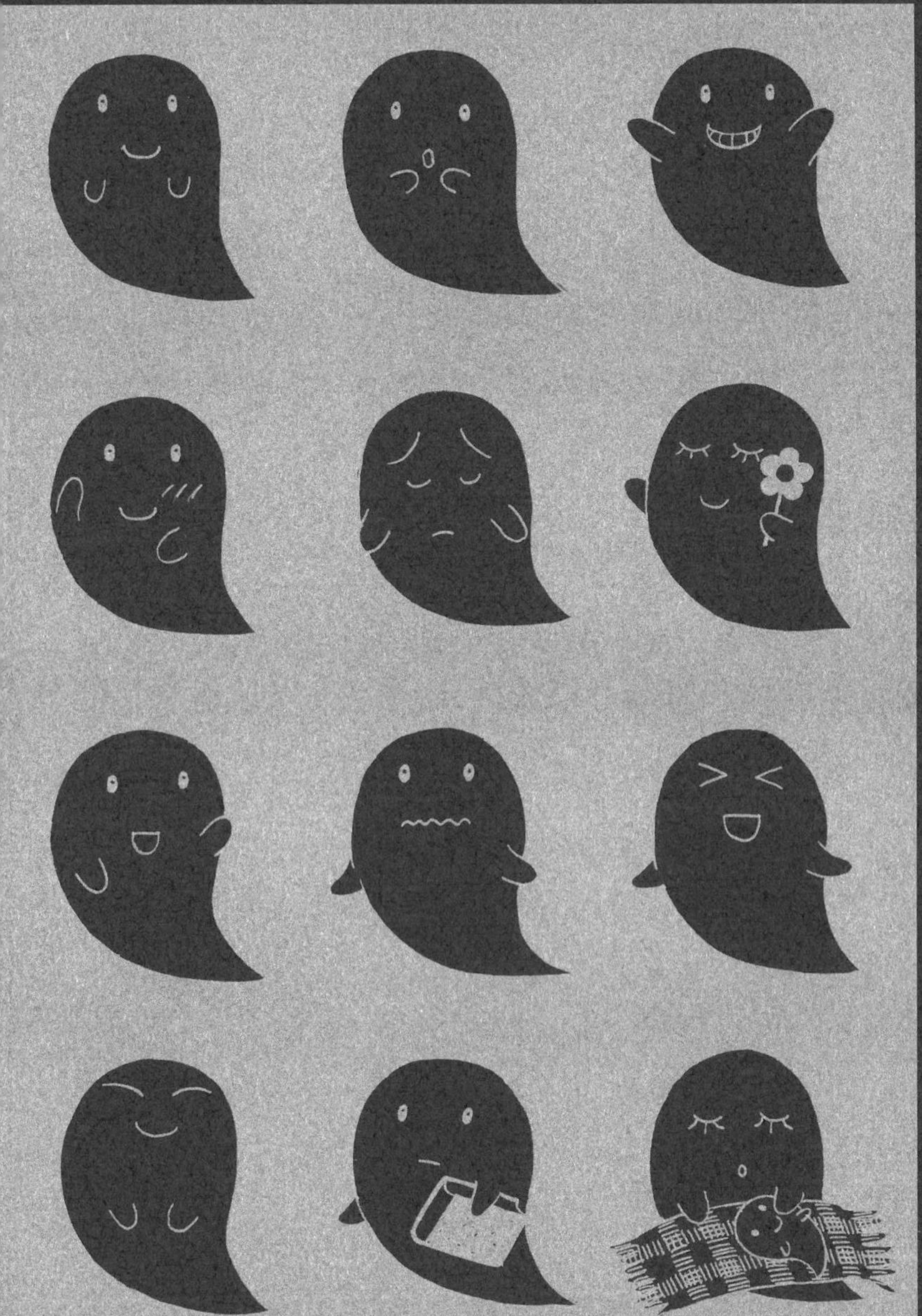